DU MÊME AUTEUR

Au Mercure de France

MAUPASSANT, LE CLANDESTIN, 2000 (Folio nº 3666)

UN HOMME À LA MER, 2004 (Folio nº 4526)

GASTON ET GUSTAVE, 2011 (Folio nº 5692). Prix Décembre 2011

LA GRANDE NAGEUSE, 2014 (Folio nº 6010). Prix Jean Freustié 2014

OÙ VONT LES FILS ?, 2019 (Folio nº 7289)

Aux Éditions Albin Michel

BASSE SAISON, 1991

LA VIE SERA PLUS BELLE, 1994

PORT D'ATTACHE, 1998. Prix François Mauriac de l'Académie française et prix Henri Queffélec

Chez d'autres éditeurs

ROGER NIMIER, LE TRAFIQUANT D'INSOLENCE, Le Rocher, 1989. (La Petite Vermillon, 2007). Prix des Deux Magots

SOUVIENS-TOI DE LISBONNE, La Table Ronde, 1998 (La Petite Vermillon, 2008)

PORTS MYTHIQUES, Le Chêne, 2002

ESQUISSES NORMANDES, National Geographic, 2002

NORMANDIE, photographies d'Hélène Bamberger, National Geographic, 2004

LE VOYAGE S'AFFICHE, Mer, Fitway, 2004

VIETNAM, photographies de Nicolas Cornet, Le Chêne, 2004

MASSAWA, photographies d'Hugues Fontaine, Éditions des Équateurs, 2004

UN SI BEAU SIÈCLE : LA POÉSIE CONTRE LES ÉCRANS, Éditions des Équateurs, 2021

NORMANDIE, aquarelles de Fabrice Moireau, Éditions des Équateurs, 2022

FRÈRE UNIQUE

Olivier Frébourg

FRÈRE UNIQUE

MERCVRE DE FRANCE

À mes parents
À Noëlle, Coralie et Aurélien
À mes fils

« Le plus grand voyage est celui qui permet d'atteindre le royaume de ceux que nous avons aimés et qui sont partis en nous laissant à jamais angoissés. »

MANUEL VILAS

Mon frère, Thierry, était un héros classique. Il est mort d'une tragédie moderne. Je vais vous raconter mon frère et cette tragédie. Un professeur de médecine emmené à la mort par la main de son propre hôpital c'est une parabole de l'effondrement de notre maison commune, l'hôpital public. Notre société qui ne cesse de clamer « Prenez soin de vous » – cette recommandation n'ayant pour seul but que chacun reste soi – peut, dans son chaos, tuer violemment des êtres humains. Il est des morts particulièrement symboliques qui révèlent l'état de notre monde, la menace qui pèse sur notre humanisme, cette philosophie à l'origine de la médecine.

La littérature est parfois une fiction mais la médecine et la mort ne le sont pas. Mon frère a donné quarante ans de sa vie à un hôpital qui a raconté une fiction sur les circonstances de sa mort. La guerre, c'est toujours la guerre ! La vie n'est que ce combat contre l'adversité. Ne pas dire toute la vérité sur la mort d'un homme c'est le tuer deux fois. Je ne peux vivre avec cette injustice. Je dois la combattre avec mes moyens, l'écriture. Je n'ai rien d'autre. Un livre essaie toujours de corriger une injustice. Il tente de soulever la chape qui écrase la vérité. Je sais que nous avons besoin de légèreté, que notre époque s'est détournée du sacré. Mais mon frère a connu la croix.

I

Il est l'éternel jeune homme. Vous le voyez, il traverse la cour de l'hôpital de Rouen qui ne ressemble plus à une cour mais à un rond-point de circulation où – signe des temps – la statue blanche de Gustave Flaubert a été enlevée. Entre l'interne au manteau marine qu'il fut et le professeur de génétique qu'il est devenu, il n'a pas changé. Son regard bleu est toujours aussi lumineux, ses cheveux ont à peine grisonné. Il a conservé cette démarche rapide d'homme qui ne perd pas un instant. Il est resté un étudiant passionné, avide de découvertes.

Il lui suffit d'enjamber le boulevard Gambetta pour passer de son laboratoire de génétique ultrasophistiqué, au cœur de la faculté de médecine, à son service de consultation, au rez-de-jardin de l'anneau central du CHU Charles-Nicolle. C'est le paquebot où il a amarré sa vie de chercheur.

Mon frère est un résistant. Il est né un 18 juin. Il résistera toujours au conformisme, au renoncement et luttera toute sa vie contre les morts scandaleuses qui emportent les êtres humains dans leur printemps. Lui a été victime d'une mort scandaleuse.

Quelle est la première tragédie que j'ai lue ? Était-ce *Électre* d'Euripide, en classe de troisième ? Notre jeune professeure était une admiratrice de ce genre théâtral. Plus tard, elle publia des romans noirs et mit en exergue du premier, *Meurtres à l'antique*, une citation de Sophocle : « Quand les dieux ont une fois ébranlé une maison, il n'est point de désastre qui n'y vienne frapper les générations tour à tour. »

J'ai toujours posé mes yeux sur cette phrase avec un tressaillement profond. Je savais qu'elle viendrait un jour frapper à ma porte. Je redoutais cette malédiction. On n'échappe pas au *fatum*, au désastre du temps, à sa condition de mortel.

À quatorze ans, la tragédie m'était étrangère. La lecture du théâtre antique n'était pas ma passion. Pour moi, collégien, *Tragedy* était une chanson entraînante des Bee Gees. On était loin d'*Antigone*. En 1979 nous étions une génération disco, pas du tout héros. Deux ans avant nous avions connu la déferlante *Stayin' Alive* (« Reste vivant ») et du slow *How Deep Is Your Love* (« Comme est profond ton amour ») sur lequel on s'embrassait sans la crainte des réseaux sociaux.

Cette manière de se définir par des chansons de variété, une musique mineure. 1979 année aussi de *Born to Be Alive* de Patrick Hernandez. « Né pour être vivant. » Cela correspond bien à Thierry, mon frère. Il a alors dix-neuf ans. Il est déjà en troisième année de médecine et en deuxième de biologie moléculaire. Il suit un double cursus. Un pied à Rouen, bientôt un autre à Paris.

Au fil des ans, l'hôpital Charles-Nicolle de Rouen est devenu notre maison. Il a sauvé les nôtres, nos enfants, nos parents. Nous lui accordions une confiance absolue. Enseignement public, hôpital public constituaient nos lignes de foi. C'était le credo de mon frère. Cet hôpital l'a conduit sur le chemin de la mort et nous avons basculé dans l'enfer.

II

Mon frère et moi avions pourtant connu le paradis et partagé un pacte secret : celui de l'enfance. Ce n'est pas une vision nostalgique de la vie. Mais des cercles heureux nous ont sculptés. Il fut un homme d'exception car il a connu le jardin d'Éden qui lui donna la force et la vitalité des bâtisseurs. Mon frère est un personnage bernanosien, fidèle à l'esprit d'enfance, généreux, qui a combattu toute sa vie la lâcheté : « Une fois sorti de l'enfance, dit la prieure dans *Dialogues des carmélites*, il faut longtemps souffrir pour y rentrer, comme tout au long de la nuit on retrouve une autre aurore. »

Oui, je pense à Bernanos car notre enfance est le bien précieux qui nous rapproche du merveilleux, de l'innocence. L'enfance est héroïque.

Cinq ans nous séparent mon frère et moi, il est l'aîné, je suis le cadet mais nous avons navigué de conserve dans le même royaume et connu la vie de paquebot. Huit jours de traversée dans l'Atlantique à bord d'un vaisseau qui semblait vêtu pour l'éternité d'un smoking blanc donnèrent le cap à notre vie. Son sillage fut notre état civil.

Nous sommes à bord avec nos parents. Notre père a les cheveux noirs, la peau bronzée des marins qui vivent au grand air. Notre mère, la peau plus blanche, des robes au-dessus du genou. Mon père considère *Antilles* un peu comme son bateau. Il en a été longtemps le second capitaine et à son bord, à l'âge de trente-trois ans, il a appris ma naissance par télégramme. Un an après, il passait commandant. Mes parents ce sont deux sourires qui se tiennent la main.

Antilles est l'essence de notre petite épopée, du mythe familial. J'ai trois ans et demi. Le paquebot blanc fend le bleu épais de l'Atlantique. Comment la vie ne pourrait-elle pas être une aventure ? Elle ne peut glisser que vers l'insouciance. Mon frère veille sur moi. Il est la raison. Je suis la déraison. Cette traversée à bord d'*Antilles* a la longueur d'une vie alors que la vie avec mon frère me semble n'avoir duré qu'une traversée. Cette inversion de la durée c'est aussi le propre du mythe. Le temps du voyage est le plus illusoire et le plus éclatant refouloir de la mort. La vie est alors un hublot sur l'outre-mer, une salle de jeux, une partie de palet. Et même de tennis, de tir à la carabine. L'existence au grand air chasse la fumée noire de la cheminée du paquebot blanc. Il n'y a pas de cri d'effroi. De noyé. On est sur le *sun deck*. « Au cœur du monde » pour reprendre le titre du recueil de Cendrars :

> *Le commandant a fait installer une piscine sur le pont supérieur.*

Je plonge. Je nage. Je fais la planche.
Je n'écris plus.
Il fait bon vivre.

Je me souviens de notre cabine, des lits superposés. J'appuie sans cesse sur la sonnette pour appeler le maître d'hôtel. Mon frère est mon rempart contre les réprimandes. Dans le monde hiérarchisé des classes des paquebots, les enfants disposent de leur propre salle à manger. La joie est là dans la traversée des mers et aussi des siècles. Au dos des menus, des poèmes de Chénier et de Du Bellay. Cette grandeur française, ce souffle poétique je ne les saisis pas encore.

L'enchantement ce sont les dauphins qui escortent le paquebot blanc à partir des Açores. J'ignore alors que cet animal divin, joyeux, fuselé, dans l'écume de la vie, incarnant l'infini maritime et l'insularité dans la mythologie crétoise, plonge aussi dans le royaume des morts. Les Grecs en faisaient graver sur les sarcophages. Sans le savoir nous appartenons à une phratrie océanique au sens où l'on l'entendait à Athènes. Les dieux nous portent et apportent devant nos yeux beauté et lumière.

À bord d'*Antilles*, il y a un théâtre de guignol et de marionnettes. Mais ces éclats de rire, cet esprit de la dérision ne sont rien par rapport au sentiment océanique que nous embrassions. Nous étions baptisés, immergés dans les embruns et l'eau originelle. Les liens de la phratrie familiale trempaient dans le sang de l'Océan. Nous formions une famille olympienne dans l'unité. Il y a des moments de paix sur l'Olympe puis la foudre et des guerres, des combats mortels. C'est *Le Paradis* d'après Dante :

Ô vous qui êtes en une petite barque
Désireux d'entendre, ayant suivi
Mon navire qui vogue en chantant
Retournez revoir vos rivages
Ne gagnez pas le large, car peut-être en me perdant vous seriez égarés.
L'eau que je prends n'a jamais été parcourue
Minerve souffle, Apollon me conduit
Et neuf muses me montrent les ourses.

Impression d'être les premiers à traverser la mer. On la fend. Elle est à nous définitivement, sans partage. Sauf avec ceux que l'on a élus. On ne mesure pas ce qu'est un frère à l'âge de quatre ans. Il n'y en a que pour soi, ses propres débordements. Je suis fou de bonheur à bord d'*Antilles*. Et mon frère est mon garde-fou. Il m'empêche de tomber à l'eau.

Autour de nous, l'Atlantique, et sur la plage arrière du bateau une piscine méditerranéenne baptisée *Palm Beach*. Pourquoi les piscines émerveillent-elles tant les enfants ? Elles seules provoquent ces éclats de rire, cette insouciance hors du temps. Les enfants sont des dauphins. Mon frère et moi passions beaucoup de temps dans et autour de cette piscine, une mosaïque de carreaux bleu et blanc. C'était notre lieu d'attraction.

Un matin, Thierry lança un de mes jouets, un hors-bord miniature que tirait une Chrysler en plastique. Le hors-bord coula à pic. Il me promit qu'on le retrouverait l'après-midi quand on irait se baigner. On ne le retrouva jamais. J'eus sans doute des larmes.

À bord d'un paquebot, les enfants forment un monde à part. Ils épient les adultes. Qu'avait voulu me montrer mon frère ? Qu'il était le commandant ? Quarante ans après il retrouva chez un brocanteur une voiture identique. Il me l'offrit avec son sourire, sa signature. Il n'avait pas oublié mon chagrin. Il était en fait le nautonier, le maître des passages. Il serait présent à tous les passages initiatiques ou symboliques de ma vie.

Nous avions quitté le continent pour une île. Nous traversions les mers pour créer un nouveau royaume. Nous cinglions vers les tropiques, les jardins luxuriants, portés par les alizés, les vents, les palmes.

Il avait fallu de l'audace à notre père, commandant à la Compagnie générale transatlantique, pour accepter ce poste de capitaine d'armement à Fort-de-France, quitter ses parents, ses beaux-parents. Ma mère qui aime tant croquer la vie avait accepté avec enthousiasme. Nous nous retrouvions tous les quatre sur notre île. À 7 000 kilomètres de la métropole.

Nous allions vers le soleil. Nous n'avions pas d'autre héros, mon frère et moi, que notre père. Et bientôt mon frère reprendrait la toge du héros. *Antilles* était notre *Argo*. Même à l'âge adulte, nous ne quitterions pas de vue son écorché – que nous avions chacun dans notre chambre ou bureau –, cette coupe de profil et en couleurs d'un navire, son squelette anatomique où l'on voit ses vaisseaux sanguins, ses aménagements intérieurs de la cale à la passerelle. Sans prendre conscience alors de la signification d'écorché qui est un corps à vif, une représentation du Christ et de la Croix. La vérité du réel n'est rien. Ce qui compte c'est la vérité du mythe.

Chaque jour quand tout le monde dort, je monte à bord d'*Antilles* avec mon frère. Comme c'est lui l'aîné, il ouvre le voyage, en tête. Tout est splendidement illuminé au royaume des dieux de la mer. Nous montons par la poupe du navire, l'arrière qui semble avoir été arrondi par la paume de la main. Il y a les feux de poupe pour la navigation de nuit, les vedettes de croisière à moteur, le plateau d'aussières, l'écubier de pavois.

Nous passons au-dessus du salon des classes « cabine ». Par les échappées extérieures, parvenons à notre piscine, à ce monde bleu et blanc, le cœur de la vie. Les échelles et le plongeoir permettent de renouer avec la fluidité. Rester allongé au soleil sur le carré en bois ou dans un transat doit ressembler à un Polaroid du bonheur mais nous sommes en mouvement.

Sur l'écorché, on voit au bord de la piscine un parasol rouge, à franges blanches. Il est l'ombrelle du bonheur que je fais tournoyer devant mes yeux. Car mon frère et moi avons le pouvoir magique d'animer les photos et les images d'*Antilles*. Nous allons sur la piste dansante lumineuse, saluons l'orchestre qui joue *Adieu foulard, adieu madras.*

Cette chanson fait partie de notre quotidien enchanteur sans imaginer qu'un jour, elle nous arrachera le cœur.

Chaque partie d'*Antilles*, chaque pièce d'accastillage est une invitation par son euphonie à la rêverie. Je pourrais ne vivre qu'avec ce monde de mots : écubier de pavois, chaumards à trois rouleaux, cloches de cabestan, barbotins de guindeaux, écubier de Panama. Je m'arrête devant la vitrine aux tabacs, la tapisserie, m'installe dans le salon de lecture et d'écriture, sur les hauts tabourets du bar. C'est notre bateau, notre monde. Au premier coup de sirène, on rallie le bord. Il n'appartient qu'à nous. Je me demande même dans quelle mesure nous n'en avons pas chassé nos parents.

III

L'enfant redoute l'inconnu et se sent attiré par lui. Je ne me souviens pas de nuits terrifiantes à la Martinique. La nuit tombait pourtant tôt. On craignait que les chauves-souris, ces monstres à l'envergure mythologique, ne se collent à nos cheveux. Je nous revois avec mon frère dans la pénombre de la villa des Rochers où nous habitions. Autrement terrifiant, le crabe de terre dont tout un élevage avait dévoré dit-on une portée de chatons. Était-ce la réalité ?

Mon frère était le veilleur. Nos parents allaient de cocktail en cocktail à bord des paquebots en escale, des bâtiments de la Royale, dans des villas. Nous restions à la maison regarder *Arsène Lupin* dans leur chambre. Ils nous retrouvaient endormis, mon frère sous le lit, moi dedans. Il se pliait à mes caprices, me protégeait comme un guerrier grec dort aux pieds de son prince. Malgré notre différence d'âge, nous portions des vêtements similaires (short bleu, chemises à carreaux). Nos chambres seraient toujours l'une à côté de l'autre. Nous étions rivaux pour égaler notre père et voulions tout faire comme lui surtout le dimanche en fin d'après-midi quand nous rentrions de la plage de Sainte-Anne ou des Salines et qu'il nous faisait conduire autour de la savane au volant de sa BMW 1800. Un volant sport en bois vernis – il y en avait un autre noir en remplacement, plus grand, que nous aimions moins.

Je me souviens de la chevalière gagnée à une tirette et que je mettais au doigt pour la frapper contre le volant comme le faisait mon père dans l'un des rares moments d'abandon et de nonchalance que je lui connaissais. Car mon père était le commandant. Ce titre était pour mon frère et moi celui d'un roi, le plus beau de la noblesse. À nos yeux, il n'y avait qu'un marin, notre père.

À Fort-de-France, je le suivais partout, à bord des bateaux en escale, quand nous étions reçus par les pachas dans leur appartement, à l'agence de la Transat, située dans un baraquement en bois des années 50, avec des ventilateurs, remplacé ensuite par un grand bâtiment blanc où mon père s'arrêtait chaque dimanche matin prendre les télex à l'aller et au retour de la plage. Mon père est un être d'ordre et de rupture. Élevé par des parents instituteurs, terriens qui ne plaisantaient pas avec la réussite scolaire, il était destiné à devenir ingénieur agronome. Mais il largua les amarres et prit la mer. Il fut pilotin, lieutenant, capitaine au long cours. Y avait-il plus beau brevet de vie ? L'enfant de la terre était un homme de l'outre-mer. Mon père, un sillage et un sourire.

Cette joie lui avait été apportée par les voyages et par ma mère. Son tempérament de Bretonne, son amour pour mon père irradiaient. Quand il se trouvait en mer, ils s'écrivaient chaque jour des lettres sur un « papier avion » très léger. Ma mère si enthousiaste, sauf lors des absences trop longues de mon père. Voir mes parents vieillir ensemble est mon bonheur et ma douleur car ils ont partagé le même chemin de joie et de croix.

Nous menions la vie des îles et des paquebots. Tout était luxuriant, débordant, dans un mouvement pareil à ceux des palmiers, de la mer si transparente, dans laquelle nous nous baignions, nous nous ébattions. La vie chaude existait donc vraiment.

Nous étions côte à côte, à l'arrière de la 2 CV de ma mère. Même nos bêtises hissaient les Antilles au rang de légende. Ce mythe dont nous n'avions pas conscience, que nous construirions après. Car pour le moment la vie était un jeu dans la mer, sous les cocotiers, dans notre savane entretenue par un jardinier, André, géant massif qui portait un bakoua (ce chapeau de paille antillais) et appartenait au Parti progressiste martiniquais d'Aimé Césaire. Nous étions les Blancs, les métros, les colonisateurs, certes de passage contrairement aux békés qui avaient fait souche et s'étaient créolisés au moins dans leur parler. André nous terrifiait quand il se mettait en colère et nous fascinait. Il portait un short, une chemise beige. Et l'odeur de sa transpiration se confond pour moi avec sa réputation de sensualité et d'amateur de conquêtes féminines. Il avait une cabane autour de laquelle on tournait, qu'on épiait sans oser trop l'approcher. Une cabane blanche où il entreposait ses outils. Nous le regardions préparer ses déjeuners créoles (cristophines, colombo de poulet) qu'il faisait mijoter dans une gamelle posée sur un réchaud bleu de camping. Ces odeurs d'une folle intensité annonçaient le déjeuner du diable que nous aurions voulu partager.

Le réchaud, le barbecue, la glacière, la panoplie nécessaire à la vie au grand air. Les glaçons de la glacière rouge qui rafraîchissaient le punch que buvaient mes parents, les pieds dans l'eau. Cette mer dans laquelle mon frère et moi plongions avec nos masques en caoutchouc noir, les tubas avec la boule de ping-pong, qui nous faisaient parfois boire la tasse. Le matelas pneumatique bleu et rouge à la douceur veloutée. Celui orange avec une fenêtre en plastique toujours embuée pour voir les fonds miraculeux. Les langoustes et les côtes d'agneau grillées. Le citron vert. Je ne vivais pas ces plaisirs en enfant unique mais les partageais avec mon frère. Ils sont notre communion. Le sacré de l'enfance en partage. Quand on est entré au paradis ensemble, on ne l'oublie pas.

Nos parents s'aimaient. Ils nous avaient donné le fruit de la passion du voyage. Même aux Antilles, la vie n'était que mouvement. On partait pour Saint-Barthélemy et Sainte-Lucie à bord d'avions-taxis improbables. Ma mère enfonçait ses ongles sur le dessus de la main de mon père : « Qu'importe de mourir, disait-elle, puisque je suis avec votre père ». Nous étions une famille de Français moyens portée par un amour aussi grand qu'un palmier. Saint-Barthélemy n'était pas le gaufrier à touristes qu'elle allait devenir mais encore peuplée de Bretonnes qui portaient la coiffe comme notre grand-mère maternelle. Nous descendions dans des hôtels qui, à nos yeux d'enfants, étaient des palais des merveilles. Mon père louait une Volkswagen décapotable comme en avaient les Allemands pendant la guerre dans le désert africain. Sainte-Lucie, à une soixantaine de kilomètres de la Martinique, était une île britannique. On passait ainsi d'un territoire, d'un drapeau l'autre.

La Barbade, La Désirade, la Dominique, Saint-Vincent composaient l'archipel de notre Odyssée – les îles fortunées. Voulions-nous revenir vers notre Ithaque, la métropole ? Je n'en suis pas certain. À bord des îles des tropiques, un monde flottant, coloré, parfumé, nous naviguions. Aucun signe précurseur de cataclysme comme dans les tragédies.

Il y avait certes des tremblements de terre. On voyait alors les reproductions de Gauguin trembler sur les murs de la salle à manger et on sortait précipitamment sur la terrasse. Cette terrasse qui accueillait les réceptions de nos parents et où nous sommes pris en photo. Mes parents assis sur le muret qui l'entoure. Ils doivent avoir trente-sept, trente-huit ans et nous sommes debout, derrière, en short, mon frère et moi. J'ai un avion en papier à la main. Cette terrasse où j'aimais attraper des lézards dont la queue nous restait entre les mains. Ces lézards dont la gorge rougeoyait quand ils combattaient l'un contre l'autre.

Mon père a les bras croisés et un air décidé. Il déploiera dans son travail ensuite un volontarisme sans limite. Il a le visage penché comme s'il interrogeait le photographe. D'ailleurs, qui prend la photo avec l'appareil Zeiss de mon père dans son étui de cuir marron que je trouvais si doux ? Ma mère se tient très droit, d'une façon plus rigide que sa nature. J'ai l'impression qu'ils sont à l'âge de la grâce. Trente-huit ans est un âge où la vie nous sourit plutôt. Les enfants sont jeunes, éclaboussés de vitalité.

IV

Mon frère avait trente-neuf ans quand il fut nommé professeur agrégé de médecine. Il me l'a annoncé à Paris, à la terrasse du café Le Rostand, celui d'Hemingway qui comptait tant pour nous. Étaient-ce les Antilles qui nous avaient préparés à aimer cet écrivain de la Caraïbe (on oublie ce tropisme chez lui) et de la sensualité ?

J'étais si fier de mon frère. La fierté inspirée par mon père, ma mère et mon frère m'ont construit. Frère et fier sont deux mots proches. Il ne manque pas grand-chose pour en faire une anagramme. J'ai trente-quatre, trente-cinq ans quand il devient prof agrégé. Je travaille dans l'édition. Sur la photo de notre enfance, comment deviner que l'un sera le scientifique (doué aussi pour la musique et la littérature) et l'autre le littéraire (nul en maths) ? Nous étions dans la rêverie de la vie, dans cette ville de Fort-de-France, fort de l'enfance.

Deux autres cataclysmes nous menaçaient à la Martinique : les cyclones et les éruptions volcaniques. L'apocalypse du cyclone frappait surtout l'été, saison que nous passions en métropole, dans notre maison de famille. Mon père en avait essuyé plusieurs à bord de bateaux ou à terre quand il servait comme capitaine d'armement. Il faisait appareiller les navires et les mettait en fuite c'est-à-dire en choisissant un cap opposé à celui du passage du cyclone. Je n'ai pas souvenir d'avoir eu peur pour mon père. Son invincibilité s'imposait. Je ne percevais chez lui aucune vulnérabilité, un mot qui n'existe d'ailleurs pas dans le vocabulaire d'un enfant.

La Martinique était dominée par un volcan, la montagne Pelée, régulièrement en éruption. Nous l'avions grimpée, un dimanche, dans une humidité poisseuse et nébuleuse. Je me souviens de l'odeur d'œuf pourri du soufre. Je nous revois tous les quatre escalader les parois du volcan. Qui de nous quatre avait un tempérament volcanique ? un tempérament impétueux, ardent, explosif, imprévisible ? Ce n'est pas péjoratif, bien au contraire ! Ma mère était un caractère ardent (son expression favorite au sujet des femmes était : « Elle a du tata au tutu. »)

Mon père était capable de coups de sang, mais étranger à la violence. Ses adjoints, son équipage l'adoraient. Il tissait avec eux des liens indéfectibles d'amitié et de fidélité dans le travail, qui se prolongeaient dans la vie privée. Sa bonté rayonnait dans son sourire. Il devait être capable de passer un savon à ses collaborateurs mais ma mère le tempérait toujours, le rendait immédiatement clément. Il appartenait à cette génération pour qui le travail était une noblesse, une élévation, la poursuite de l'excellence. Mon frère devenu adulte me rapportait parfois ses sorties contre les injustices et les médiocrités du monde médical et hospitalier. « J'ai explosé », me disait-il. J'y voyais toute sa bravoure.

Si je devais garder une seule diapositive de notre séjour aux Antilles, ce serait celle « d'une explosion de joie ». Les Antilles étaient un carnaval. On brûlait sur la savane de Fort-de-France un géant en carton, Vaval. Moi, j'étais déguisé en diable avec une queue qui se terminait par un grelot. J'avais même une fourche en bois taillée dans la branche d'un arbre. Je revois ce bois blanc comme un os. Mon frère en pêcheur martiniquais avec un bakoua. J'étais le diable. Qui était Dieu hormis notre père ? Se cachait-il sur le volcan, dans les nuées de la montagne Pelée ?

Qu'elle craigne les Dieux
La race des Hommes
Ils tiennent le pouvoir.
En leur main éternelle.
Et peuvent en user
Selon leur bon plaisir.

Nous allions à l'église où ma mère faisait le catéchisme. Elle dessinait très bien. Je revois ses apôtres aux teints pastel. Elle avait une grande règle en buis aux extrémités carrées qui resta longtemps dans notre maison, sur le bureau de mon frère. Certains objets apparemment anodins suivent l'histoire d'une famille : ce sont des talismans qui rayonnent dans notre mémoire. Elle s'en saisissait pour courir après les élèves indisciplinés et notamment deux jumeaux turbulents. Je restais derrière l'autel avec ma mère, sniffant avec volupté les gros feutres à l'odeur d'essence envoûtante. C'est dans cette même église du plateau Godissard que mon frère fit sa communion solennelle.

Bienvenue au déjeuner à la maison des Rochers ! La pièce montée aux choux à la crème caramélisés. Cette pellicule craquante, croustillante. La présence à la maison du commandant Charles G., en mission d'inspection à la Martinique. Il dirigeait les ports et la manutention de la Transat. Il offrit à mon frère un portefeuille de cuir noir qu'il conserva longtemps. Mon frère ne croyait pas en Dieu. Il s'inscrivait ainsi dans la tradition paternelle. Mon grand-père, instituteur, hussard noir et laïcard, restait au seuil des églises.

Plus tard, mon frère dirait à une amie africaine : « J'ai l'âme plus noire que toi. » Nous avions été brûlés par les Antilles. Les coques des cargos de la Transat étaient noires. Celles des paquebots et des bananiers, blanches. Mais seule la coque du paquebot *France* était noire. Pour nous, les bateaux étaient comme des anges portuaires. Ils arrivaient avec la fluidité et l'agilité des colibris, ces oiseaux des tropiques, et déversaient sur nous leur joie de vivre, leur insouciance, leur orchestre, leurs passagers et leur équipage. Notre vie était dictée par le mouvement des navires qui touchaient notre île. C'était quoi cette île ? Une île parfumée. Une île fortunée. Nous commencions le voyage. Nous ne connaissions pas la solitude. Nous étions non seulement une famille de quatre mais aussi une tribu entourée d'amis. C'était un âge d'or comme le soleil des tropiques, un âge où tout est joie, d'une harmonie dont on ne prend pas conscience. Je me souviens qu'*Or* de Cendrars fut l'un des premiers livres que mon frère eut dans ses mains quand il entra au collège. Un livre publié par la collection 1000 Soleils.

V

À l'intérieur de la cité des Rochers, en hauteur de la savane, s'alignaient trois villas blanches presque identiques : la nôtre à droite, celle du chef d'escale des passagers au milieu, et à gauche, à l'autre extrémité, celle de l'adjoint de mon père, le second du capitaine d'armement. Un soir, on accueillit la famille C. Originaire de Bretagne, de Quiberon, elle avait du sang espagnol dans les veines. Elle débarqua d'un Boeing 747 en provenance de la métropole, à l'aéroport du Lamentin. Les parents, Marie-Gabrielle et Jean C., leurs quatre enfants, Brigitte, Dominique, Jean-Pierre et Marie-Gabrielle (oui, elle portait le même prénom que sa mère). Nous n'allions plus quitter cette famille au point qu'elle deviendrait aussi la nôtre. Je revois notre salle à manger percée d'une large porte-fenêtre qui ouvrait sur la terrasse. La grande table très sixties avec ses pieds pointus en forme de compas. Cette terrasse et cette salle à manger figuraient la scène où se jouait la pièce de théâtre. J'y photographiais mentalement les allées et venues des uns et des autres, les nouveaux visages. Cette famille de six personnes me semblait extraordinaire par sa taille et ses origines bretonnes, à mes yeux un autre exotisme. On me raconterait plus tard que le soir de leur arrivée j'étais à moitié nu, faisais des pitreries, dansant la biguine avec des mouvements pelviens. Je fus très vite sous le charme de la plus jeune fille des C., Marie-Gabrielle. Mon frère avait à peu près le même âge que la cadette, Dominique, et ce n'est que longtemps après que je compris qu'il en avait été confusément épris. Il y avait aussi Brigitte, l'aînée, magnifique jeune femme, incarnation à nos yeux de la sensualité. Le seul garçon, le benjamin, Jean-Pierre, rêvait de devenir pilote de ligne, il serait au bout du compte capitaine au long cours, puis pilote de Seine. Pour le moment, dans le grand arbre de la savane, j'étais son officier radio et Marie-Gabrielle, l'hôtesse de l'air de notre vol imaginaire.

C'était la première fois que je ressentais l'immensité du sentiment amoureux : élan physique, frustration de l'éconduit, mimétisme pour la séduire. À Noël, je commandais des cadeaux identiques aux siens : un vélo (rouge pour elle, bleu pour moi), une dînette en porcelaine que je fracassai par maladresse dès le matin ce qui provoqua chez moi une crise de larmes. Nous nous aimions comme des enfants sauvages, construisant des cabanes dans la savane, explorant la nature comme nos corps.

J'avais une valise bleue en toile d'Air France. Mon idéal : aller dormir dans la villa des C., à l'autre extrémité de la savane. Nous partagions le même banc d'école à la maternelle où la maîtresse martiniquaise nous éduquait à coups de martinet au milieu des lauriers-roses. Quand nos parents recevaient pour un cocktail sur la terrasse, nous étions elle et moi debout sur le rebord de celle-ci à observer les adultes. Regarder de biais, parfois en cachette, les grandes personnes, c'est la curiosité de l'enfance. On vit dans le couloir de son âge. Il n'y avait pas de couloir dans notre maison des Antilles.

Pourquoi dit-on « couloir de la mort » ? Je crois que je n'aime pas les couloirs. J'ai l'impression d'être dans le labyrinthe, le monde d'Hadès. Dans notre villa à la Martinique, les pièces étaient juxtaposées les unes aux autres, ouvertes aux alizés. Voilà la géographie qu'on retient ! Celle de notre maison d'enfance avec laquelle on vit en permanence, les maisons que l'on a visitées enfant et leurs parfums. Dans notre villa des Rochers, je ne vois que la lumière, jamais la pluie. Nous y circulions dans une absolue liberté de mouvement. Nos parents nous laissaient la paix tant que nous restions dans la savane, immense terrain de jeu qui dévalait de la maison jusqu'à la route longée par une rivière. La chambre de mon frère était séparée de la mienne par une salle de bains où je chantais à tue-tête. J'ai l'impression que la vie n'était que glissades dans la maison, cavalcades dans la savane.

Nous passions nos journées avec notre mère. Notre père partait avant 7 heures du matin sur le port. Il revenait parfois déjeuner à la maison, au volant de sa BMW, chemise blanche d'officier dégalonnée, manches courtes, col pelle à tarte. À côté de lui, son adjoint Jean C. Je revois leurs bras bronzés, leur chevelure noire, la voiture remontant à vive allure la route qui entourait la savane. J'ai toujours guetté le retour de mon père. Où était mon frère dans ces moments-là ? Dans sa chambre ? Au collège ? Je n'ai passé mon enfance aux Antilles qu'à jouer, à m'ébattre.

Avec mon frère et ma mère, nous allions à Fort-de-France, dans la 2 CV grise. Ma mère portait des robes colorées coupées au-dessus du genou. Parcours balisé : la boucherie avec son grand ventilateur, la vendeuse de quenettes (ces fruits délicieux à la chaire orangée douce comme un litchi) dont nous raffolions mon frère et moi. Nous nous arrêtions à la bijouterie et à la parfumerie Roger Albert, au Printemps où je m'étais entaillé le bras en montant sur un tabouret de fer. On feuilletait le *Choubouloute* sorte de *Pariscope* adapté à la sauce créole où l'on trouvait les programmes de cinéma. Nous étions allés voir *Tintin et le temple du Soleil.* Nos souvenirs n'appartiennent qu'à nous. Je ne veux pas écrire un livre de souvenirs. Ce qui m'intéresse c'est la construction du mythe de l'enfance. Si nous avons connu le bonheur de l'unité familiale en pensant qu'il serait une éternité, sommes-nous désarmés quand la tempête du malheur s'abat sur nous ?

La Martinique était notre Désirade, la terre qui nous avait fait pousser. Les palmiers auxquels on s'accrochait. Nous prenions goût à la villégiature même si mon père était tourné vers son travail. Le farniente pour nous c'étaient les piscines d'hôtel, celles du Lido et ou Hilton où nous plongions le jeudi après-midi. Les plages de Fort-de-France avaient mauvaise réputation car de sable noir volcanique. Ces piscines étaient deux mondes distincts. Je redoutais que mon frère ne me fît couler en appuyant sur mes épaules et plus encore qu'il n'enfonçât ma tête dans un pneumatique dont une ouverture à l'extrémité permettait de glisser son corps. Plus tard, j'angoisserais d'avoir le pied coincé dans les grilles d'évacuation des piscines. C'était l'ombre sur le fond bleu et blanc.

VI

Ces années 1969-1972 aux Antilles furent un âge d'or. L'actualité n'y avait aucune prise. Elle n'existait pas. Nous étions pleinement dans l'instant, devenu depuis éternel. Nous partagions la mythologie des alizés qui plus tard nous accorderaient le souffle chaud pour avancer dans la froideur de la vie. La vie est glacée comme les caveaux dans les épreuves qui nous secouent et tropicale dans nos moments d'euphorie, les fameux bons souvenirs. Avec mon frère, nous forgions sans le savoir notre alliage commun, un lien aussi profond que celui antique entre Patrocle et Achille.

Une fratrie à deux entraîne une vie de couple. Mais que savais-je de ses élans du cœur, de ses premières amours, de son jardin tropical et secret ? Que savais-je de mon aîné, au seuil de l'adolescence ?

Il y avait dans sa chambre un poster de Julien Clerc tiré de *Podium*, le magazine de variétés. On y voyait le chanteur aux cheveux noirs et bouclés assis, les jambes allongées, au milieu de dés en feutrines. Nous chantions

Ce n'est rien : « Ce n'est rien, tu le sais bien. Ce n'est rien. Tu le sais bien. Le temps passe ce n'est rien. Tu sais bien et ils s'en vont comme les bateaux et soudain ça revient. Pour un bateau qui s'en va et revient il y a mille coquilles sur ton chemin. » C'était aussi les années où Polnareff faisait scandale en montrant ses fesses pour son affiche à l'Olympia et, quelques mois plus tard, posait nu avec un chapeau sur le sexe (« Moi, je me fous de la société / Et de sa prétendue moralité »). Nous avions aussi un poster de ce trublion qui caractérise ces années-là.

La famille la plus proche de nous, les C., resta deux ans à Fort-de-France, pour moi une éternité. Le temps est lent, le temps est indolent. Je m'interrogeais sur les sentiments de mon frère pour la cadette. Elle avait trois ans de plus que lui. Je me souviens de ses cheveux longs qui la faisaient ressembler à une préraphaélite diaphane et silencieuse. Dominique était élève à l'Institution de Cluny où les jeunes filles étaient habillées de chemisiers blancs et de jupes à carreaux rouge et noir. À la fin de son séjour aux Antilles, on lui diagnostiqua un ostéosarcome, un cancer des os, le cancer de la jeunesse qui emporta Rimbaud. À son retour en France, elle fut suivie par Léon Schwartzenberg, le médecin qui incarnait à lui seul la cancérologie en France. Il ne put la sauver. La dernière vision que j'ai d'elle c'est dans le lit de ses parents, dans leur maison de Quiberon, en Bretagne. Son corps portait les stigmates de sa maladie. Je ne les oublierai jamais.

Elle mourut quelques mois après, en mai 1973. Elle avait seize ans.

Je me souviens du séisme de sa mort et du départ de mes parents pour son enterrement à Quiberon. La voix du chœur : « Il n'y a rien de pire que de perdre un enfant. On ne s'en remet jamais. » Je me souviens aussi des larmes de mon frère. C'est la mort de Dominique qui décida *in fine* de sa vocation : médecin.

L'avait-il aimée, Dominique ? Je ne le sus jamais mais en eus le pressentiment. Je n'ai jamais osé lui poser la question. Ce fut je crois, avec Dominique, ma première rencontre avec le pays des morts. Nos liens avec la famille C. devinrent alors indéfectibles. Depuis, je vis chaque jour avec l'idée de la mort.

À la Martinique, je vois encore le visage de nos médecins de famille, l'un avec un nœud papillon roulant en Mercedes, l'autre arrivant au volant d'une Ford Capri. La mère de Dominique (ce prénom restera pour moi attaché à cette jeune fille partie au pays des Willis bien qu'elle fût morte avant le jour de son mariage. Plus tard quand je lus *Dominique* de Fromentin, dont le héros est un personnage masculin, son visage flottait devant mes yeux. Quant à l'île de la Dominique… c'est la première île des Antilles que l'on découvre à l'approche de l'archipel) fut atteinte de la tuberculose. Nous dûmes tous passer en rang d'oignons un cliché pulmonaire. L'appareil radiographique tubulaire en fer, gigantesque…

La joie outre-mer fut souvent débordante bien que j'aie perdu sur l'île de Sainte-Lucie un ours en peluche, ma première grande perte. Et puis il y eut un naufrage. Le paquebot *Antilles* se déchira sur un récif de corail, au large de

Saint-Vincent, pendant notre séjour. Le feu le ravagea. Il se coucha sur le flanc tel un long animal sentant sa mort approcher. Mon père fut l'un des témoins de cette mise à mort. Il vit expirer ce paquebot à bord duquel il avait été si heureux comme second capitaine. Il fut hélitreuillé à bord pour récupérer le pavillon français, autant dire les dépouilles. Je me souviens de l'élégant commandant K. promis au commandement du *France*, qui arriva alors à la maison, sa chemisette blanche d'officier brûlée par endroits. L'incendie aurait pu l'emporter. Il n'avait commis aucune faute de navigation, s'était engagé dans une passe entre deux rochers où n'était signalé aucun récif ; ni sur les cartes françaises ni sur les cartes britanniques. L'évacuation du paquebot s'était déroulée dans le plus grand calme. Il n'y avait eu ni mort, ni blessé. Mais *Antilles* avait péri. Il était le paquebot du père. Le paquebot initiatique. Nous l'habiterions à perpétuité.

Il n'y avait désormais plus de paquebot sur la ligne des Antilles. Restait le *France* pour un temps bref, entre Le Havre et New York. Nous revînmes de Fort-de-France à bord d'un bananier blanc polyvalent, le *Pointe Allègre*, fraîchement sorti des chantiers navals. Allègre, il l'était, avançant à vive allure, passant la vague sans encombre. Il était doté d'une petite piscine et d'une salle de musculation où je m'exerçais au rameur. La vie de paquebot était celle de l'enfant. La vie de cargo, le début de celle d'adulte. Ce n'était pas aussi luxueux, aussi fondateur même si la traversée fut d'un beau bleu indigo.

Nous laissions derrière nous des amis antillais. Nous

emportions une mémoire que nous ne cesserions d'arroser, de faire pousser, jusqu'à ce qu'elle devînt une forêt tropicale d'une vitalité inouïe, luxuriante. La tradition voulait aux Antilles que ceux qui restaient accompagnent ceux qui partaient. Ce jour-là, les Antillais s'habillaient comme s'ils allaient à la messe. Ils montaient la coupée de navire. Et pendant de longues heures, dans les cabines, les salons, on s'abandonnait à la palabre. Parfois un orchestre jouait sur les quais *Adieu foulard, adieu madras*. Qu'est-ce qui comptait pour nous autrement que les ports, les quais, les bateaux, les odeurs de mazout mêlées à celles des bananes et des grumes ? Tous les parfums portuaires me semblaient raffinés.

Étions-nous tristes de rentrer tous les quatre en métropole ? Je ne crois pas. Nous étions toujours tous les quatre, ensemble. Nous avions connu la vie en tee-shirt (souvent orné du nom d'un paquebot : *De Grasse*, *France*). Les soirées à bord des bateaux en escale à Fort-de-France étaient des tableaux des Indes galantes. Je revois la foule habillée, soignée, élégante. Les robes échancrées des femmes. Lors des traversées, les hommes étaient en smoking blanc et les femmes en robe de soirée. La piste de danse et autour, les tables. Les Antillaises des ballets folkloriques concentraient tous mes regards : chemisier blanc, madras, boucles d'or. Ce fut une sensualité fondatrice.

L'ère des paquebots serait révolue avec notre retour en métropole. Le désarmement du *France* fut une incroyable défaite. Nous étions montés à son bord à plusieurs reprises, reçus par le commandant P., dans ses appartements. Le pacha du *France* était le commandeur de la Compagnie générale Transatlantique. Il était Dieu ou plutôt Poséidon car il en avait la barbe blanche. Nous l'admirions avec nos yeux d'enfants. Mon père était sur le tableau d'avancement pour prendre le commandement du *France*. À l'époque les officiers de la Transat étaient classés selon mérite et ancienneté dans un annuaire vert amande. Capitaine de troisième classe, de seconde puis de première classe, capitaine principal. Je me souviens de ma fierté, de notre fierté à mon frère et moi quand mon père fut nommé le premier des commandants principaux de la compagnie.

Antilles avait brûlé. Son sistership, le *Flandre*, été vendu aux Italiens en 1968. Le *De Grasse* à bord duquel nous avions fait une croisière, sans mon père retenu par son travail à Fort-de-France, avait été cédé à une compagnie singapourienne, avant de brûler à Pérama, en Grèce. Que les paquebots finissent dans un brasier en mer (qui pourtant éteint toutes les flammes) souligne leur condition d'animal mythologique. Notre cœur avait saigné quand le *France* avait été crucifié au quai de l'Oubli, au Havre, avant d'être soldé aux Norvégiens pour finir à la découpe dans un chantier en Inde. J'ai pleuré la fin de ces paquebots. Ils sont à eux seuls la somptueuse légèreté de la vie et sa tragédie.

La vente du *France* marqua la fin de cet âge d'or. L'existence ne serait donc plus un paquebot, un décor Art déco, cette perfection du style français. Ils brûlèrent, sacrifiés en offrande car trop beaux, trop grands pour une époque rétrécie et consumériste. C'était une royauté sur mer. Vint alors le temps des cargos. Ils avaient leurs charmes comme un poème de Cendrars. Nous aimions leurs odeurs, leur peau. Ils correspondaient à notre âge adulte. Ils étaient le monde réel. Mais pour nous il en était fini de la French Line, du grand siècle des paquebots. Il nous restait l'écorché d'*Antilles* pour nous rappeler comme un crucifix coloré notre épopée blanche et bleue d'argonautes.

VII

Nous allions entrer dans cet âge du réel, de la charge, des cargos. Retour en métropole, dans le berceau natal, à Dieppe. Mon père commandait des bateaux qui avaient pour nom : *Auvergne*, *Michigan*, *Cleveland*, *Sibélius*. Il avait acheté une nouvelle voiture, une Audi bleu métallisé (le métallisé signait le haut de gamme des voitures de la classe moyenne). Nous avions un chien, un braque allemand. Nous allions aux sports d'hiver. Nous portions des combinaisons matelassées rouge et bleu. Nous ressemblions à des cosmonautes. Sur les photos, mon frère me tenait par l'épaule. La neige après le soleil de la Caraïbe. À l'hôtel de l'Alpe-d'Huez, nous écoutions Michel Fugain et le Big Bazar (« 5, 4, 3, 2, 1, zéro, partez, dans un instant ça va commencer »). L'orange, le jaune, le rouge étaient les couleurs dominantes. Un pianiste jouait chaque soir des chansons que nous reprenions en chœur. Il avait appris en autodidacte, maîtrisait l'art de l'improvisation. Mon frère et moi prenions des cours de piano que lui avait commencé à la Martinique. Le piano est l'instrument de l'outre-mer, il accompagnait les expatriés.

Je ne me suis jamais remis de découvrir que la vie pouvait plonger dans l'hiver, pire, dans la mélancolie de l'automne, des rues venteuses, balayées par le vent d'ouest et les rafales de pluie froide. Aux Antilles même la pluie était chaude. Mon frère a mieux résisté que moi à ce choc de civilisations. En l'absence de notre père qui depuis notre retour en métropole effectuait des embarquements de trois mois, il occupait pleinement son rôle de grand frère paternel. Il allait s'imposer comme un élève d'exception, prenant aussi sur ce point le relais de mon père. Dans la famille, du côté de notre père, la transmission s'effectuait par l'aîné : il recevait l'armoire normande qui passait de génération en génération. À l'école primaire en brique rouge de Dieppe, avec sa cour plantée de marronniers, où mes grands-parents avaient été instituteurs, je ne parlais que de la Martinique.

Nos parents nous avaient offert en même temps des vélos demi-course au guidon recourbé (cela indiquait un passage entre l'enfance et l'adolescence par rapport au minivélo). Mon frère, un six-vitesses de couleur or. Le mien, un trois-vitesses de couleur blanche. Comme j'ai aimé les magasins de cycles ! Leurs odeurs de caoutchouc neuf. J'ai rêvé devant les vélos avant de fantasmer sur les mobylettes Peugeot 103 couleur sable à variateur (celle qu'aurait mon frère à ses quatorze ans et dont j'hériterais au même âge, à mon tour) et les Yamaha 50 cc.

Nos chambres étaient côte à côte. Deux univers proches et étrangers avec leur décoration à l'opposé. Nos mondes.

Nous nous retrouvions à l'heure du goûter. Du dîner. Lors des déjeuners de famille chez nos grands-parents.

L'été, nous allions à Quiberon, à l'hôtel Idéal. Stage de voile au fort Neuf (qui datait du XVIIe siècle), à Port-Haliguen. Mini-solitaire, puis Caravelle et Vaurien pour lui. Optimist, Laser, pour moi. Nous ferions tous les deux du 420.

Quiberon deviendrait notre port d'attache estival grâce à la présence de la famille C. rencontrée aux Antilles. Je nous revois partir le matin tôt sur nos vélos, à Port-Haliguen, qu'il pleuve ou qu'il fasse grand soleil. Il fallait dans le fort Neuf capeler nos boléros, gréer les voiliers sur le parking à bateaux, les porter jusqu'à l'eau, les pousser avec l'eau à mi-corps, sauter à bord, baisser la dérive et le safran, suivre le Zodiac de la monitrice, faire le tour des bouées jaunes, se mettre en position de rappel, éviter de dessaler. Les après-midi étaient consacrées aux copains, à la Grande Plage.

Il y eut aussi des étés où nous allions en Espagne, louions des villas à Torredembarra, avec des amis, les L. (lui était pilote de Seine, copain de service militaire de mon père) et les F., une famille allemande qu'ils avaient rencontrée pendant leurs vacances sur la Costa Daurada. Ils nous ouvriraient l'outre-Rhin. Nous faisions du voilier, un Piaf, un dériveur à la coque blanche et aux rebords orange.

En Espagne, la touristisation faisait tourner à plein régime ses ailes. Un peu comme aux Antilles, nos parents et leurs amis louaient des villas les unes à côté des autres. Il y avait une terrasse sur le toit. On se bourrait de churros dans la journée. Le soir, on allait dans des salles de jeux et un atelier de peinture où, sur une machine pareille à une platine pour les vinyles, on jetait des giclées de couleurs. On ne connaissait pas encore les tableaux de Dalí ou de Miró. Étonnamment l'Espagne allait nous conduire en Allemagne. Fallait-il faire allemand première langue ?

Très vite mon frère prit la route de Porz-Zündorf, sur le Rhin, à côté de Cologne, chez nos amis allemands rencontrés à Torredembarra, les F. Lui, Bert, avait fait la guerre, eu un pied écrasé par un char. Elle, Ella, avait été secrétaire à Paris pendant l'Occupation et parlait un français impeccable. Maison moderne à toit plat. Vue sur le fleuve. Piscine couverte. C'est dans le salon aux grandes baies vitrées que mon frère se passionna pour la musique classique. Chaque soir, sur la chaîne stéréo, il écoutait avec la famille F. un disque de la Deutsche Grammophon – orchestre dirigé par Karajan – en buvant un vin du Rhin. Cette découverte serait sa corde artistique.

Après mon frère, qui m'ouvrait toujours la voie, je prendrais le chemin de Porz-Zündorf. Je découvrirais la sonate à Kreutzer et la *Frühlings*-sonate de Beethoven. À mon tour, j'irais dans l'immense magasin Saturn, à Cologne, acheter les disques de la Deutsche Grammophon, mais aussi les 33 tours de Stevie Wonder, de Bob Marley et de Billy Joel.

Pourquoi le cadet doit-il toujours suivre les pas de l'aîné ou du moins vivre dans son imprégnation ? Pourquoi est-on si matérialiste à l'âge de douze, treize ans, en ne pensant qu'aux nouveautés technologiques, aux disques, aux mobylettes ?

Enfants, nos parents avaient connu la guerre. Nous

faisions des voyages, apprenions des langues étrangères, serions de jeunes Européens. Mon frère était toujours en avance. Anglais, allemand, latin serait son assolement triennal. Cette phrase de Rilke dans *Le Testament*, qui lui va si bien : « Le principe de mon travail est une soumission passionnée à l'objet qui m'occupe. »

Ce goût de la musique classique, nous le devions aussi à notre grand-mère paternelle qui, institutrice, jouait au piano et tenait cette inclination de son père, conseiller municipal de Rouen, franc-maçon, disposant de sa loge au théâtre des Arts et bon connaisseur des prostituées alentour. Rouen c'était cette famille Deflandre. Mon arrière-grand-mère y tenait une épicerie, rue Verte. Rouen c'était la Seine et la Scène mais aussi une cuvette. Au fond de la vallée. Si loin de la mer. J'ai toujours su qu'il fallait ne pas perdre la mer de vue au risque de perdre la vie. Comme cet homme au bord des flots, à Palavas, peint par Courbet et qui salue d'un mouvement de chapeau rapide l'immensité bleu et jaune. La vie est là. Désormais, mon frère repose, au cimetière monumental de Rouen, non loin de la tombe de son arrière-grand-père (Jean Deflandre 1873-1951).

J'entrai au collège quand mon frère n'allait pas tarder à sortir du lycée. À l'adolescence, tout sépare deux frères. On a sa bande de copains. On construit son propre langage. L'enfance et la maturité sont les deux temps de l'union possible de la fratrie. À l'adolescence, les temps deviennent parallèles.

Je revois les dimanches après-midi d'hiver, les déjeuners dans la campagne normande, l'enfouissement des corps.

J'en ai des frissons de terreur. Il fallait bien que l'art nous sauvât de la pourriture des feuilles mortes. Il fallait la lumière, sortir du tunnel incertain de l'adolescence, du purgatoire. Mais qui serait notre éclaireur ?

Nous avions un cousin, l'aîné de notre famille, Alain. Il portait le même prénom que notre grand-père maternel, le marin pêcheur originaire de Douarnenez, le saint patron. Deux êtres de cœur, de générosité, et d'intelligence exceptionnelle. Notre cousin était normalien, agrégé de lettres, karatéka, adepte à peu près de tous les arts martiaux. Il avait des diplômes comme d'autres une cartouchière en bandoulière, vivait entouré de chiens, des wolfhounds aux yeux bleu-gris. Il nous avait fait découvrir à mon frère et moi le cross dans les bois (on ne l'appelait pas encore jogging, plus urbain) et la poésie. C'est lui qui nous avait mis les *Lettres à un jeune poète* de Rilke entre les mains. Il était nietzschéen alors que nous n'avions pas lu Nietzsche. Il nous apprit l'exaltation, à sortir des normes et des carcans. Il nous apprit l'histoire de l'art. « Et plus inexprimable que tout sont les œuvres d'art, ces êtres secrets dont la vie ne finit pas et que côtoie la nôtre qui passe » (Rilke, toujours).

Notre cousin Alain vivait dans une ferme du pays de Caux, non loin de Tôtes. Il m'apparaissait comme un géant. Il fallait courir, aller vite. Ce temps que nous consacra mon cousin à nous sculpter. Sa mort à trente-sept ans fut pour nous la première tragédie familiale. Une mort illégitime, une terrible ligne de fracture qui ébranla notre monde. Un suicide un matin de Noël car il était à fleur de peau, trop sensible pour endurer les agressions du réel. L'incinération de son corps au crématorium du cimetière de Rouen fut notre montée initiatique vers l'horreur. Cette longue et interminable route si raide qu'emprunta autrefois Flaubert pour enterrer son ami Louis Bouilhet et la majeure partie de sa famille.

Mon frère excellait dans tous les domaines littéraires ou scientifiques. À seize et dix-sept ans, il embarqua comme pilotin à bord d'un bananier puis d'un porte-conteneurs. Il hésita à devenir comme notre père, capitaine au long cours. Mais la France était sur le point de sacrifier sa marine de commerce. Mon père l'incita à embrasser un autre destin. Le choix de la médecine s'imposa. Il partit pour Rouen. Je me retrouvai seul avec ma mère. Mon père naviguait. Mon frère passa brillamment sa première année de médecine. Il entrait dans la carrière des blouses blanches.

VIII

Qu'est-ce qu'un frère ? Une part de soi et d'étranger qui nous prolonge et nous constitue. Celui avec qui l'on partage l'incommunicable, la pulpe de notre enfance.

Je lui connaissais des fiancées. Une Norvégienne blonde, Solveig. Ce devait être l'année de son bac. Il l'avait rencontrée avec notre cousin Marc qui lui était tombé amoureux de son amie, Isabelle. Je revois parfaitement ces femmes blondes au pull marin bleu. La génération de mon frère était baba cool. Jeunesse en 2 CV, poncho péruvien, sabots. Avec des copains, ils avaient écrit « Halte à la pépérisation » sur la voiture de l'un d'eux. Ils ciblaient leurs profs vieillissants. Chaque année de médecine franchie, il devenait de plus en plus solaire, éclairé par sa vocation. Plus il s'élevait dans la médecine, plus je dévorais la littérature.

En quatrième année, il tomba follement amoureux, alors que j'étais fourré dans *L'Éducation sentimentale* de Flaubert, d'une femme plus âgée que lui, M. Douze ans les séparaient. C'était une amie de mes parents. Elle avait habité en face de chez nous. Ce fut un orage familial. Je me souviens de son arrivée, dans notre rue. Je revois sa Peugeot 304 bleue aux sièges couleur fauve. Elle était d'une beauté ravageuse surtout. Originaire d'Amiens, elle avait les cheveux longs à son arrivée à Dieppe. Elle réveillait l'avenue bourgeoise et tranquille sur les hauteurs de la ville. L'avenue du Château. Elle était vitale, ayant soif de vie romanesque. Elle se coupa les cheveux. La femme de trente ans au début des années 80 : elle annonçait la fameuse *Femme libérée* de Cookie Dingler.

Furieux, nos parents redoutaient qu'elle ne fît renoncer mon frère à ses études de médecine, du moins qu'elle ne perturbât sa préparation de l'internat. Je fus associé à toutes les stations de la passion de Thierry pour la belle M.

Il prépara l'internat comme un athlète, dès la quatrième année de médecine. Ses chemises cartonnées étaient empilées sur le grand bureau anglais dans sa chambre, avec les différentes spécialités. Je lui faisais réviser ses questions à choix multiples, les QCM. C'est à ce moment-là que je m'intéressai à mon tour à la médecine, que je devins un médecin de papier. Avec son meilleur ami, fils d'amis de mes parents, Christophe, ils louèrent une maison à Varengeville pour potasser comme des forcenés. Ils se dopaient à l'Ordinator, un stimulant, qu'il m'arriva de goûter. Mon frère fut reçu à la première tentative à l'internat de Rouen. Mes parents lui avaient offert pour sa réussite en médecine une Renault 5 bleu océan. Bleus étaient ses yeux, bleu était son manteau d'interne, bleu est la couleur des uniformes de marine.

Cette année-là, je décrochai le bac. Le jour où étaient affichés les résultats, il se tenait à mes côtés devant le lycée. Je me souviens d'avoir mordu de joie dans son blouson de cuir souple. Il me prit dans ses bras. Mon frère ouvrait toujours grands ses bras comme le Christ.

Frater est l'un des premiers mots que l'on apprend en latin. *Frater*, fratrie. Enfant, il fait partie de notre décor naturel. On s'oppose à lui. On se bataille. La rivalité du *frater* par rapport au *pater* et à la *mater*. Ce n'est que plus tard, une fois séparés, que chacun trace sa voie, que s'épanouit ce ruban de soie entre deux frères. La haine est parfois constitutive entre deux frères. Ou l'indifférence. Je n'ai connu que chaleur exigeante de la part du mien.

Souvent, on se choisit des frères qui sont nos plus chers amis. La fille de la meilleure amie de ma mère disait en parlant à mon père : « Claude, tu es mon frère. » Nous nous choisissons des frères d'amitié puis revenons vers nos frères de sang. Après le cap de l'enfance, il n'y eut aucune tension entre mon frère et moi. Le sentiment dans lequel nous communiions l'un et l'autre était l'admiration. Un terme maritime, sisterships, désigne des bateaux parfaitement semblables mais qui ne portent pas le même nom. Mon frère et moi étions des brotherships. Pourquoi des frères se disputent-ils depuis la tragédie grecque ? Polynice, l'homme aux multiples querelles, et Étéocle, l'homme de la vraie gloire. Mon frère était un classique d'apparence. Il expulsait toute sa joie de vivre, son enthousiasme débordant dans sa gestuelle en arabesques. Un mélange de chef d'orchestre allemand et de danseur de biguine.

J'avais récupéré sa collection de *Tintin* et d'*Astérix* : je la complétais. J'avais récupéré sa 103 sable (réservoir aux bandes orange), je l'avais peinturlurée. Âge de la mobylette, de l'adolescence glandouilleuse. La béquille, le moteur à variateur, la chicane que l'on enlève « pour kiter » la bécane. Le guidon que l'on rapproche. On achète des santiags pour imiter Renaud : « Laisse béton. » On se jette sur les premiers *flights*, les blousons de cuir des aviateurs aux poches plaquées. Quand je suis encore à mobylette, mon frère est déjà interne de médecine.

Le temps ne l'atteignait pas. Il sublimait les chagrins de la vie par sa vocation, son optimisme tonique. Il avait la vocation. Il recevait chaque jour comme une grâce. Il est entré en médecine comme dans les ordres en y apportant sa chaleur et sa grandeur d'âme. Il irradiait. Il ne croyait pas en Dieu car il avait vu trop d'injustices sur les corps, des tumeurs, « des merdes » selon son expression, des erreurs d'écriture génique qui fracassaient des êtres jeunes qui ne demandaient qu'à vivre. Il croyait à la mécanique des corps, au sublime de l'âme, mais pas à la justice divine ni à la réincarnation. Il était pour la nuance, la justesse, la complexité des choses. C'était un scientifique passionné, exalté mais au raisonnement implacable et véloce. Il détestait l'idée que les corps puissent être un commerce, soumis à des enjeux d'argent. Pour lui la médecine devait rester un temple intouchable, un médecin son serviteur. Il avait connu la médecine académique qui pourtant semblait déjà si moderne à nos parents. La médecine, avec sa cour et ses patrons.

Un jour, son patron, son maître en médecine interne

l'avait appelé à la maison. C'est mon père qui avait répondu. Boureille, le professeur Jacques Boureille avait dit à mon père : « Je n'ai jamais connu un garçon aussi brillant moralement qu'intellectuellement. » C'est le « moralement » qui est important. Interne, il soutient une thèse de sciences, travaille dans une unité de recherche au CNRS, à l'institut Gustave-Roussy. Mais pourquoi choisit-il comme spécialité la génétique ? Étudiant, lors de ses premières gardes dans des services de cancérologie, il est frappé par l'archaïsme des traitements : chimiothérapie, radiothérapie. Les cellules cancéreuses sont détruites de façon spécifique. Thierry veut comprendre l'origine du cancer et la part de prédisposition héréditaire. À l'époque il n'y a pas de centre qui travaille sur ce sujet particulier. Praticien hospitalier, professeur, biologiste moléculaire, chercheur à l'Inserm, il est un artiste rigoureux de la médecine, aux talents multiples, et non un de ces médecins businessmen (il y en a tant), faisant de l'argent sur le cancer du patient. Quelques années après son internat, il a refusé les propositions mirifiques d'une firme pharmaceutique alors qu'il n'avait pas le sou.

On avait été élevés lui et moi dans le culte de l'école républicaine, *La Gloire de mon père* de Pagnol et *Le Tour de la France par deux enfants*. Mais n'était-ce pas un leurre, une illusion ? Le travail, le mérite, le refus de faire de l'argent une valeur cardinale. Peut-être avions-nous été enfumés. À croire à cette probité, à cet esprit d'égalité et de fraternité. Ce n'est que bien plus tard que je compris combien le récit historique était une illusion, une construction rétrospective.

IX

Notre dernier déjeuner de famille fut le 3 janvier 2021. C'était pour fêter le Nouvel An. Comme toujours mon frère ouvrait les bras, l'un posé sur les épaules de sa femme, l'autre sur celles de ma compagne. Il présidait cette tablée tout sourire. Nous nous aimions dans une sorte d'insouciance. Il y avait encore les boules rouges et dorées sur le sapin de Noël. Nous étions chez nos parents, dans ce grand séjour, théâtre de tant de déjeuners, de réveillons, de fêtes. Mon frère était de bleu vêtu avec une pochette parme. Il y avait la rituelle distribution des cadeaux.

Chacun à son tour se baissait au pied du sapin. Notre père nous offrait traditionnellement à Noël une bouteille de punch d'exception. Les Antilles avaient tant marqué notre vie. Nous étions douze à table. Cette maison de nos parents, « l'avenue du château » comme disait mon frère, cette salle à manger, avait toujours été notre canot de survie, d'une stabilité remarquable dans les tempêtes. Mes parents et mon frère étaient de bonne humeur, joyeux. La grande baie vitrée ouvrait sur la terrasse et le jardin avec, au printemps, ses rhododendrons, ses tulipes et se terminait par un sous-bois, qui dans mon enfance m'apparaissait comme un lieu aventureux, sombre. Dans cette salle, jamais un déjeuner de famille ne nous avait semblé pesant. Chaque Noël depuis notre retour des Antilles s'y était joué.

Il y avait eu ce 25 décembre où nous étions vêtus de ponchos rapportés par mon père d'une de ses navigations en Amérique du Sud. Le matin du Noël 1988, alors que nous écoutions Kiri Te Kanawa chantant une aria de Mozart, nous avions appris le suicide de notre cousin admiré, lui qui nous avait ouvert à mon frère et moi les voies de la littérature et du sport. Ce salon où nous formions cercle devant le feu de la cheminée. Ce salon qui avançait avec des allures de transatlantique tantôt flamboyant, tantôt de tramp steamer transpirant. C'était aussi la salle de l'effusion des sentiments. Toutes les rencontres de notre vie passaient par ce pont supérieur familial. Mes parents en étaient les deux piliers.

Dans ce séjour, j'appris à connaître Noëlle qui, jeune interne, avait quitté son mari pour mon frère Thierry. Mes parents l'avaient accueillie, recueillie alors qu'elle n'avait plus aucun repère. Je faisais mon service militaire. Et lors de mes permissions, je la retrouvais chez mes parents, amoureuse de mon frère, à la fois heureuse et perdue. Pourquoi parlions-nous à son sujet de blonde hemingwayenne ? Noëlle était beaucoup plus belle que Martha Gellhorn ou Mary Welsh, qui furent les deux femmes blondes d'Hemingway. Elle me faisait penser plutôt à Jane Mason, l'épouse d'un responsable de la Pan American à La Havane et qui fut la maîtresse d'Hemingway (ils pêchaient le marlin ensemble et se retrouvaient à l'hôtel Ambos Mundos).

Je lisais Hemingway depuis si longtemps, le relisais dans ma vingtaine. Mon frère l'avait lu le temps d'un été. Il nous avait appris la douceur de vivre par les mots. Une vie aventureuse en même temps. Hemingway était dans sa vérité : elle incluait son machisme, sa boursouflure de virilité mais aussi une façon d'appréhender les êtres avec une forme de tendresse évangélique. Pour parler des femmes aussi bien, il faut être un peu féminin. Nous partagions avec lui le goût des daiquiris, du soleil, et du Ve arrondissement de Paris. Dans ce quartier mon frère avait trouvé, quand il achevait ses études de sciences après celles de médecine, ce studio en face d'une école primaire à la Marcel Aymé. Quand j'arrivai à Paris pour mes études, Thierry remplissait ses obligations militaires au service de médecine des armées où il s'occupait d'un laboratoire expérimental qui comptait une ménagerie avec des chimpanzés. Le soir, il tenait à me laisser le canapé-lit et à dormir à même le sol. Sur un lit de fortune. Nous dînions souvent au bar de l'X qu'il avait dégotté au sommet de la montagne Sainte-Geneviève. Il raffolait du coteaux-du-layon, un vin un peu sucré, et aimait partager ses découvertes. Les propriétaires étaient angevins.

Et c'est là que mon frère me parlait de Noëlle qui se confondait dans la nuit avec la Lady Brett du *Soleil se lève aussi*. Je retrouvais mon frère après l'éloignement causé par sa liaison avec M. Notre lien fraternel ne s'était pas éclipsé. Mais Thierry avait été moins présent aux déjeuners de famille bien qu'il ne manquât pas les réunions où étaient mes grands-parents. J'avais été le confident de M. quand Thierry avait rompu avec elle. J'avais écopé son chagrin d'amour. Après elle, il avait eu une histoire avec une jolie brune. Il me présentait désormais ses petites amies. Mais avec Noëlle, ce fut le coup de foudre, l'élection de deux âmes qui s'attendaient.

Chaque titre de Hemingway est un titre religieux ou du moins peut-on le lire comme un proverbe de la Bible: *Le soleil se lève aussi*, *Paris est une fête*, *Pour qui sonne le glas*, *Au-delà du fleuve et sous les arbres*.

« *Nul homme n'est une Isle complète en soy-mesme; tout Homme est un morceau de* Continent, une part du *tout; si une parcelle de terrain est emportée par la Mer,* l'Europe *en est lésée, tout de même s'il s'agissait d'un* Promontoire, tout de même que s'il s'agissait du *Manoir de tes* amis ou du tien propre*;* la mort *de tout homme me diminue, parce que je suis solidaire du* Genre Humain. *Ainsi donc, n'envoie jamais demander: pour qui sonne le* glas*; il sonne pour* toi. »

On ne lit jamais assez bien les épigraphes, ces sentences prophétiques qui sont des déclarations d'intention. J'y ai pourtant attaché beaucoup d'importance mais sans doute d'une manière trop intellectuelle. Nous étions alors dans la joie de vivre à Paris, la découvrant comme des provinciaux un peu éblouis. Paris était une fête, clamait Hemingway. Il ne semblait pas y avoir pour nous de mauvaises saisons. Nous l'arpentions cette montagne Sainte-Geneviève. Le bar de l'X mais aussi le Mayflower, où nous dégustions des whiskies. Nous ne nous prenions pas pour Hemingway mais il était notre saint protecteur.

Nous savions qu'il avait le don de trouver les meilleurs coins à vivre, même sans le sou. Des coins ordinaires qu'il dénichait et rendait mythiques en tapant leur nom sur une machine à écrire. La légende était peut-être boursouflée mais le style à l'os de seiche, blanc, unique, et en même temps solaire nous tétanisait : nous étions pris dans sa toile d'araignée. Le tableau était parfait. Mais si on regardait derrière la toile on voyait que cela finissait mal. Voulions-nous vraiment regarder derrière la toile ? On ne respirait que le cocktail de vitalité, de couleurs, de tropiques et d'Amériques. Après nos expéditions nocturnes, je tapais en rentrant des articles pour des revues de poésie qui me rétribuaient. N'était-ce pas magnifique ?

Ce studio de la rue des Boulangers que je quitterais au bout d'un an serait le premier perchoir amoureux de Noëlle et Thierry sous les toits de Paris. Ils s'y aimaient et écoutaient des quatuors, des opéras. Thierry faisait glisser délicatement les vinyles de leur pochette en papier, les posait sur sa platine Technics avec vénération comme un fidèle au pied de son Dieu. Il déchiffrait chaque morceau, mimait un chef d'orchestre. C'était sa sensibilité artistique, ses émotions qui séduisaient le plus Noëlle. Pas de grand médecin qui ne soit pas un artiste, j'en suis convaincu. Le soir, il emmenait sa fiancée voir de vieux films avec Humphrey Bogart et Lauren Bacall au cinéma Action de la rue des Écoles ou à La Pagode, rue de Babylone. L'Amérique et l'Asie.

X

Tombés l'un de l'autre amoureux, Noëlle et Thierry avaient filé à l'américaine. Ils ne se s'étaient pas attardés en France et avaient traversé l'Atlantique (dans le mouvement inverse des Américains après guerre) pour s'installer à Boston. Cette Nouvelle-Angleterre d'Henry James, le quartier juché de Beacon Hill, berceau de la ville avec ces immeubles de brique rouge très victoriens, la longue rivière, la Charles. Ils trouvèrent un appartement dans ce quartier encore un peu bohème, le meublèrent de bric et de broc avec des objets parfois ramassés sur le trottoir. Leurs valises leur servaient de table basse. Deux chauffeuses en rotin, très à la mode dans les années 80, de fauteuil de lecture. Ils avaient emporté une Pléiade de Maupassant pour ne pas oublier la Normandie. Une reproduction sous verre de Gauguin, le peintre qui nous suit depuis les Antilles, était accrochée au mur : il s'agissait cette fois d'une montagne tahitienne. Elle est aujourd'hui dans le bureau de mon frère, dans sa maison de Rouen. Autre preuve de fidélité à la Caraïbe, ils achetèrent une bouteille de rhum jamaïcain (aux États-Unis, impossible de trouver du rhum martiniquais).

De l'autre côté de la ville se trouvait le MGH Cancer Center, l'incubateur de la recherche, le monde de demain. Boston était un long voyage de fiançailles : il dura deux ans. Noëlle et Thierry étudiaient dans le même laboratoire, celui du docteur Steven Friend au département de génétique moléculaire du MGH Cancer Center, qui a pour vocation d'attirer les meilleurs chercheurs étrangers « afin d'éclairer la problématique du cancer avec de nouvelles lumières » selon la brochure du centre, datant de novembre 1992 où l'on voit en couverture Thierry, avec une légère mèche caractéristique de ces années-là, mains jointes, accoudé à une paillasse de laboratoire et s'adressant à un étudiant en blouse blanche. Sur une page intérieure, Noëlle avec des gants de latex manipule une éprouvette.

Ils travaillaient avec des Américains mais aussi des Norvégiens. Dans cette brochure où Thierry et Noëlle frappent par leur beauté lumineuse, ma belle-sœur explique : « Après avoir séquencé l'ADN, vous pouvez le lire exactement comme un livre. Les gènes qui ont muté ne ressemblent pas aux gènes normaux. » Car le héros de cette épopée de la recherche est le gène P53 situé sur le chromosome 17 qui à la fois protège de certains cancers et dont la mutation peut entraîner d'autres tumeurs ou des maladies fatales comme le syndrome de Li-Fraumeni. En 1992, le MGH Cancer Center bénéficiait d'un budget de 22 millions de dollars.

Chaque matin, Thierry et Noëlle quittaient leur perchoir du 28 Anderson Street et empruntaient la navette qui les conduisait à leur travail. Pas moins de quinze nationalités dans leur laboratoire. Noëlle et Thierry se trouvaient à deux paillasses de distance et pouvaient s'échanger des regards ou s'entraider pour certaines manipulations.

À ses côtés, Noëlle avait un « *benchmate* », un compagnon de recherche, Jim, et deux étudiantes sous sa tutelle. Thierry passait beaucoup de temps avec Steven Friend, le directeur du laboratoire. Ils partageaient un point commun : l'enthousiasme. Tous les jours, c'était la centrifugeuse du boulot : ils participaient à un *lab meeting,* sandwich en main et à 19 heures un jeune scientifique hollandais montait à fond le son du *Should I Stay or Should I Go?* des Clash.

Ils restèrent et partirent à la découverte de l'Amérique, sillonnèrent la Nouvelle-Angleterre, le Maine, louèrent une maisonnette de bois sur la côte, se baignèrent dans une eau à 13 degrés, pêchèrent le homard. Avec sa veste de jean, ses pulls ras de cou, mon frère ressemblait à un personnage de *La Boum*, quinze ans après. Noëlle affichait ses longues jambes nues l'été ce qui choquait les Américaines puritaines. Vélo à Nantucket, voiture sur la Route 66, Bodega Bay où Hitchcock tourna *Les Oiseaux*. À San Francisco, ils eurent envie de danser et demandèrent à un chauffeur de taxi de les conduire dans une boîte de nuit gay : « *Forget it,* leur répondit-il. *It's closed. They are all dead.* »

Ils reçurent beaucoup à Boston : leurs parents, leurs amis médecins français. Thierry retrouvait un vieux copain de lycée, Michel Sadelain, un Franco-Canadien qui travaillait au MIT et qui comme lui serait un des grands généticiens de sa génération. À notre tour, nous débarquâmes une après-midi. J'étais venu avec ma fiancée de l'époque mais aussi avec Christophe, l'ami médecin et sa femme Christine. Nous passâmes quelques jours à Boston avant de louer une Cadillac et filer dans le Vermont. On pouvait tenir à trois sur la banquette avant. Avec son moteur V8 que nous aimions solliciter, la Cadillac bordeaux nous faisait penser à un paquebot. Nous avions déniché une maison de bois près d'un lac. Comme toujours, mon frère s'était occupé de tout. Il avait un art de l'anticipation et de la logistique. Il aimait rendre heureux les siens, les combler. C'était l'été indien, la saison des *Folly's Edge* quand les feuilles des arbres deviennent or et carmin, comme un ultime soleil flamboyant au couchant. Nous consacrions nos après-midi à faire du vélo dans la campagne, à marcher dans la forêt. On passait des ponts en bois comme dans *Sur la route de Madison*, ce film avec Clint Eastwood que nous aimerions tant deux ans plus tard. Nous étions dans l'univers rêvé de Jim Harrison et d'Hemingway.

Il n'y a pas de scientifique dans le monde de ces deux écrivains qui se soignaient au contact de la nature. La chasse, la tauromachie plus que la médecine. Et pourtant le père d'Hemingway était médecin. Son enfance fut partagée entre le piano de sa mère et le cabinet médical de son père. Son père était un chasseur, un pêcheur. Ernest hérita de Clarence Edmonds, surnommé Ed, cette double inclination qui n'était pas celle d'un simple amateur. De sa mère, Grace, le sens de la musique, de la note juste, de la voix.

À côté de son cabinet, Ed Hemingway disposait d'un petit laboratoire avec des bocaux où trempaient notamment un fœtus humain et un appendice. Mais le clou de ce petit coin de farces médicales était un squelette surnommé *Susie Bone-apart*, Susie os-à-part. Le père d'Ernest, très intransigeant sur la discipline, transmit néanmoins à son fils le goût de la pêche, de la chasse et du feu de bois ou encore du canot. Il voulait que son fils fît médecine. Ernest en garda une conception assez hygiéniste. La suée, l'effort, l'entretien du corps, la vie au grand air mais aussi le sens de la précision et de la rigueur dans les actes du quotidien.

Mon frère aussi avait un squelette dans sa chambre, dans la maison familiale. Il l'avait baptisé Oscar. Longtemps il fut suspendu, et on ne garda au bout du compte que son crâne. Les os étaient d'une blancheur parfaite. Où l'avait-il trouvé ? À la fac de médecine ? Dans un magasin spécialisé ? Il est interdit de faire commerce des squelettes. Je me souviens que mon frère me racontait ses dissections sur des macchabées quand il était étudiant dans ses premières années. Donner son corps à la médecine. Les macchabées, dans leur baignoire de formol. Les crochets qui venaient les saisir. La dissection générale.

XI

J'ai toujours vécu dans ce bain de la médecine, depuis les années d'études de mon frère. Notre liquide amniotique avec la mer et les livres. Et quand je parle avec des médecins, rien ne m'est étranger même s'ils me font peur. Je les prends pour des dieux thaumaturges. Nous sommes de quelques maisons, de quelques religions. Nous avions donc Hemingway avec nous lors de ce séjour dans le Vermont.

Chaque fois que j'ai voyagé aux USA, c'était d'une manière ou d'une autre en pensant à Ernest. La première fois quand j'ai débarqué en Virginie du Sud, la première fois à New York et où j'avais acheté à un coin de rue le *Life* où il posait en pull marin à col roulé.

Nous n'arrivions pas à lâcher Hemingway. Il était comme un soleil protecteur, l'instinct de vie parce qu'il provoquait la mort. Noces de la littérature et de la médecine. Un écrivain et un médecin sont des lecteurs des corps et des âmes. Pourquoi mon frère a-t-il choisi la médecine et moi la littérature ? Il était l'enfant de l'art, de la science, comme ces créateurs de la Renaissance. J'étais l'enfant de la mélancolie. Il était le soleil. J'étais la lune.

Leicester Hemingway avait écrit sur son frère écrivain. Ernest surnommait Leicester « Zoizinet » quand il était bébé puis « Baron ». « Plus encore que mon père, c'est lui qui m'a appris à chasser, pêcher, à me battre. » Un soir, après la Seconde Guerre, Leicester et Ernest regardent le soleil se coucher à La Havane. L'ambiance est joyeuse. Soudain, Ernest confie à son frère : « Tudieu, Baron ! finit-il par [lui] dire, j'aimerais qu'un jour quelqu'un qui me connaisse bien écrive enfin un livre sur moi. Pourquoi pas toi ? Après tout, les Huxley ont fait une jolie paire et les frères James aussi – Frank et Jesse surtout. » « Tudieu » était une expression qu'utilisait souvent mon frère surtout quand il prenait un bain dans une mer froide et il était le roi des daiquiris.

Quinze années séparaient Ernest de Baron. Trois fois la différence d'âge entre mon frère et moi. Souvent dans les fratries, l'un écrase l'autre. L'un est fameux, l'autre moins. Les haines recuites dans les fratries me font l'effet d'un nœud de vipères. Je lis cela comme une langue barbare et étrangère, l'un des grands malheurs de la condition humaine. C'est d'ailleurs l'un des piliers de la tragédie. Si Ernest apprit à Baron à chasser, mon frère et moi fûmes très jeunes horrifiés par la chasse que pratiquait notre grand-père paternel. L'œil du cerf aux abois, le lièvre qui boule sous le plomb, non peut-être étions-nous déjà des sentimentalistes trop urbains. « La vie d'Ernest ressemble à sa mort : toutes deux furent violentes. Il avait le culte du courage. Il en avait fait la grande affaire de sa vie, s'y exerçant sans relâche et donnant aux autres hommes plus d'une leçon en ce domaine. »

Hemingway c'était aussi un homme de mer, de bateaux, de la brise légère au petit matin, de la Caraïbe. La vie est la somme de nos jours de soleil moins celle de nos jours de ténèbres. Mais entre les deux, il y a le clair-obscur qui nous enveloppe, le gris, le moyen, l'entre-deux, la digestion lente. Ne pas subir, ne pas être dans les cordes, c'est un combat de boxeur. Monter sur le ring chaque jour. Le Gulf Stream est un courant chaud et porteur. Telle devrait être la vie. Mais n'oublie pas les récifs ! Ces rochers qui déchirent brutalement les plus belles coques. Il faut regarder autour de soi, il n'y a pas meilleure école, aurait dit Hemingway. Regarder, observer, l'œil du clinicien. Peut-être faut-il aussi savoir rire. Car tout est farce, non ? Rire, mon frère savait. Non pas face à la mort qu'il côtoyait chaque jour mais pour rendre hommage à la vie. Toutes les photos de lui à Boston et aux États-Unis le prouvent. Mon frère restait un musicien, un chef d'orchestre de la vie. Ce séjour fut, pour Noëlle et Thierry, fondateur dans leur amour, leurs amitiés, leur vocation de chercheurs. Une accélération !

XII

Dans un entretien accordé à *La Carabine enflammée*, journal de la corpo de médecine de Rouen, qui faisait sa une sur Thierry avec l'une de ses phrases fétiches : « Soyez pugnaces et soyez passionnés », on lit : « Et puis on m'a proposé de rester aux États-Unis pour développer un laboratoire de génétique moléculaire à New York. Mais comme j'avais le souhait de rendre à mon pays ce que j'avais appris pendant mes années d'études, sachant que j'étais un élève du service public et que j'avais été financé par le service public, j'ai décidé de revenir en France. Je suis revenu en France en 1993 et on m'a proposé à Rouen de développer la génétique. »

Il a trente-trois ans et revient dans cet hôpital auquel il va tout donner. C'est un constructeur. En 1993, la génétique moléculaire n'existe pas à Rouen. On lui octroie des locaux dans le service d'hématologie. Et trois techniciennes. L'équipe passe une bonne partie de la journée à faire le ménage : murs, sols, paillasses. Le matin, Thierry donne des cours à son équipe. Il se bat pour obtenir des réactifs et du matériel, menace plusieurs fois de démissionner car tout est effroyablement lent. Arrive enfin le premier séquenceur. « Nous étions quatre, me confiera plus tard une de ses plus fidèles techniciennes qui reprendra ses études, deviendra ingénieure, Françoise C. Mais nous avions un séquenceur, un appareil extraordinaire qui allait nous permettre d'avancer à pas de géant et provoquait de la jalousie chez d'autres médecins. En fait, nous sommes partis de rien, sauf des connaissances acquises par Thierry aux États-Unis. » Tout est balbutiant, même le système informatique. Tout est irritant, angoissant, passionnant. Les journées sont ponctuées de réussites et d'échecs. Mais il y a des découvertes, eurêka ! De l'euphorie ! Des publications dans les revues scientifiques. L'équipe grossit. Des étudiants, une docteure en pharmacie, un neurologue les rejoignent. La pression de résultats sur les épaules de Thierry est lourde. Il doit se démultiplier pour recruter une équipe, la former, obtenir du matériel performant, et en même temps recevoir les premiers patients tout en menant ses recherches. « Ce qui caractérise Thierry, pendant ces années-là, c'est sa puissance intellectuelle et son humilité », me confiera Françoise C.

Pendant sept ans, ils restent dans ces locaux désuets. Jusqu'à l'an 2000 où ils rejoignent les nouveaux bâtiments de la faculté de médecine, en face du CHU. Le premier étage est occupé par le laboratoire Inserm, le second par le laboratoire hospitalier. Thierry passe de l'un à l'autre. L'ensemble du service de génétique ne comptera pas loin d'une centaine de personnes. Et Rouen deviendra ainsi un centre de référence européen pour les prédispositions héréditaires au cancer.

Le 17 juin 1995 à Rouen, Thierry et Noëlle se marient. Le lendemain, mon frère aura trente-cinq ans. Le mariage a été prononcé à la mairie de Rouen. Avec Christophe, son meilleur ami, le compagnon des années de carabin, je suis son témoin. Ma belle-sœur porte une robe et un chapeau blancs. La sœur de Noëlle, la femme de Christophe et ma fiancée des robes noires ou bleues.

Le lendemain, chez mes parents, on danse sur la *Macarena* et *Alexandrie Alexandra* de Claude François. Nous sommes entre le printemps et l'été de nos vies. Nos parents sont en bonne santé. Ils ont une petite soixantaine. Un âge que n'atteindra pas mon frère. Les rhododendrons sont en fleurs. Après les déjeuners et les punchs traditionnels, nous, les plus jeunes, faisons la sieste au soleil dans les fauteuils de jardin aux coussins orange et gris. Je leur ai offert comme cadeau de mariage un plateau de la Compagnie générale transatlantique qui datait des années 60. Un plateau ordinaire qui devait servir aux classes « cabine ». On y voit les bateaux de notre enfance, *Antilles*, les bananiers blancs, le *France*, le *Cleveland* et le *Winnipeg*. On retrouvait le pavillon blanc et le soleil rouge de la Compagnie générale Transatlantique.

Dans la chambre de mon frère, chez nos parents, il y a encore les deux mappemondes de la Compagnie, ode au long cours. L'une date de la fin des années 50, du début des années 60. Un faisceau de lignes rouges traverse l'Atlantique, entourant aussi le Pacifique et la Méditerranée. Comme le voyage est heureux quinze ans après la fin de la Seconde Guerre mondiale, après la guerre d'Indochine et peu avant celle d'Algérie. Comme tout est allé très vite, dans l'appétence du monde. Naviguer, naviguer, aller au-delà de l'horizon c'est l'hymne à la vie. La mappemonde, oui le monde est un festin de couleurs, de pavillons. Près d'une quarantaine de pays desservis. Un soleil en bas, à droite. Un drapeau français qui claque au vent. French Line, plus qu'un nom, un art de vivre : le fameux esprit français. Car le voyage en paquebot est une morale.

La maison de nos parents a été un tel soleil qu'elle ressemblait à une île des Caraïbes qui, par l'effet du Gulf Stream, aurait dérivé jusqu'à la mer de Manche. Maintenant quand j'entre dans la chambre de mon frère, j'ai l'impression de descendre dans son caveau, comme si cette pièce dont chaque détail est marqué par sa présence était assujettie aux vents froids et lugubres de l'hiver normand. Je regarde par la fenêtre les maisons de l'avenue qui ont composé le territoire de notre enfance, m'aperçois que je peux faire aussi un voyage dans le temps, de façon précipitée. Seuls les occupants ont changé. Pas les maisons. Elles sont les gardiennes de pierre de notre mémoire ou plutôt des rochers auxquels on s'accroche parfois jusqu'à la nausée. Tout tangue ! Tout est mouvement, agitation, renversement, flux, courant, comédie puis tragédie. Les maisons, elles, restent impassibles.

À leur retour à Rouen, Thierry et Noëlle trouvèrent un appartement rue du Petit-Porche, en face de l'Hôtel de Ville, non loin du bar où je passais mes années d'étudiant. Puis tout alla très vite. Ils achetèrent une maison dans le quartier Jouvenet, entreprirent des travaux qui les captivèrent et partirent pour le Vietnam adopter deux enfants sensibles et doués, Coralie et Aurélien. Ils y passèrent des mois à tour de rôle, entre le quartier des *backpackers*, l'orphelinat et le dragon de l'administration. Le Vietnam allait devenir aussi pour nous une féerie commune, un pays que nous partagerions un peu comme les Antilles : les noces du Mékong et de la Seine. Pour moi ce fut longtemps et plus largement un nouveau jardin d'Éden.

XIII

Il faut que je vous raconte désormais la mort de mon frère. Comme tous les soignants, il a été vacciné contre la Covid le 8 janvier et le 5 février 2021. Le 12 février, il a subi une blépharoplastie, une petite intervention esthétique à ses paupières qui ont été réhaussées. Mon frère c'étaient des yeux bleus et un soin constant de son apparence. Mais le week-end du 20 février, il ressent des douleurs périoculaires attribuées à son opération. Or, elles s'accentuent le week-end suivant au point de le réveiller la nuit et il constate une baisse de son acuité visuelle. Le 1er mars, il consulte dans le service d'ophtalmologie de son hôpital. On lui diagnostique des œdèmes papillaires et une névrite optique qui s'avérera être une maladie auto-immune entraînant un déficit de la vue. Il n'existe pas de lien entre cette pathologie et son intervention esthétique aux paupières.

Mon frère trouve rapidement dans la bibliographie médicale que les syndromes « MOGAD » (c'est le nom scientifique de la pathologie dont il souffre) peuvent survenir dans quelques cas après une vaccination. Une déclaration liée à la vaccination anti-covid est effectuée en pharmacovigilance. Il passe une batterie d'examens. La sclérose en plaques est écartée. Le diagnostic de la névrite optique confirmé. Elle se soigne grâce à la corticothérapie et par des échanges plasmatiques c'est-à-dire qu'on lave le sang du patient de ses anticorps. Mon frère est pris en charge par le service de neurologie qui, à Rouen, suit habituellement ce type de pathologie et procède au traitement. À cette fin, il lui est posé le 5 mars un cathéter en jugulaire selon les procédures du CHU de Rouen, qui se révéleront d'un autre âge alors que dans la plupart des autres hôpitaux la plasmaphérèse se pratique sur les veines périphériques. Il faut savoir que chaque jour des milliers de plasmaphérèses sont pratiquées en France. Elles sont parfaitement maîtrisées.

Mon frère est suivi par un médecin senior avec qui il semble bien s'entendre. Thierry est du genre à devenir spécialiste de sa pathologie en quelques jours, à lire toutes les études scientifiques publiées. Mais en même temps, il continue à s'occuper à distance de son service de génétique. Et le soir à partir du 6 mars, il est autorisé à rentrer chez lui avec son cathéter planté dans la jugulaire. Le matin, il revient dans le service de neurologie pour sa plasmaphérèse. Son acuité visuelle s'améliore après cinq échanges plasmatiques.

Le 12 mars, il se réveille en pleine forme, se montre très confiant. Ma belle-sœur le dépose à la porte des Capucins de l'hôpital, rue de Germont. Il a son inséparable cartable de cuir de taille moyenne qui lui permet de travailler partout, même de son lit d'hôpital. Ils envisagent de passer un week-end de repos chez eux. Ils pourront reprendre leurs habitudes : Thierry travaillera à son bureau au premier étage et Noëlle jouera dans le salon sur le piano à queue qu'il lui a offert. C'est une concertiste de qualité et mon frère la regarde toujours ébloui à son clavier. La musique a sculpté leur amour.

Le médecin senior qui s'occupe de mon frère décide que l'ablation du cathéter jugulaire sera effectuée à 17 heures. Son bon de sortie de l'hôpital est signé pour 18 heures. Le climat est à l'optimisme. Mon frère envoie un texto à sa femme, qui est en réunion de concertation pluridisciplinaire sur les endocardites :

> « Tu dois penser à moi vue la thématique de ta RCP ! [il fait référence à l'inquiétude de Noëlle, médecin bactériologiste sur les infections de cathéters, qui peuvent conduire à des endocardites.] Acuité visuelle 8/10 à droite. Amélioration modérée du champ visuel avec différentes plages de clarté, ce qui est un bon signe même si Julie [la cheffe de service d'ophtalmologie] aurait préféré que cela s'améliore plus vite. En intégrant le rapport incertain bénéfice / risque de 2 plasmaphérèses supplémentaires et de la situation Covid-19 en réa, [le neurologue] a décidé d'arrêter à 5 plasmaphérèses et donc mon cathé sera retiré vers 18 heures. Baisers [et un grand smiley]. »

Un Centre hospitalier universitaire, le vendredi soir, est une cathédrale qui se vide de ses prêtres et servants.

Le peuple des soignants se retire comme la marée autour du mont Saint-Michel. Seuls quelques vigies en blouse blanche demeurent, répondant aux urgences. Un interne court de lit en lit, les infirmières, les aides-soignantes vont à l'essentiel et sont débordées.

L'État providence n'a plus cru en son hôpital public. Cela ne s'est pas fait en un jour mais à coups de réformes pour diminuer les déficits publics, le fameux « trou de la Sécurité sociale ». La loi sur les 35 heures a été une saignée. Aucune embauche supplémentaire. Mon frère a publié une tribune de colère dans la presse à ce sujet. Il fallait rentabiliser, transformer l'hôpital en entreprise moderne. L'État, ce grand corps hypocrite et souvent machiavélique, l'a amaigri de ses soignants, n'a pas encouragé les vocations, a fait venir des infirmières ou des médecins étrangers afin de moins les payer, multiplié les postes administratifs car l'hôpital s'est métamorphosé en monstre kafkaïen. La France, pays d'ingénieurs, d'artistes, de médecins, a détruit sa santé publique. Le comptable et le DRH ont pris le pas sur l'infirmier et le chirurgien. C'est aussi cela la barbarie.

L'infirmière qui va enlever à 17 h 30 le cathéter jugulaire de mon frère est certes diplômée d'État mais c'est une infirmière volante, arrivée en renfort à cause de la pandémie de Covid. Cette ablation est un geste délicat, précis, répondant à un protocole encadré. Elle n'est accompagnée que d'une élève infirmière de première année. Elle incline le lit à 10 %, tient dans sa main droite une pince qui va lui permettre de retirer le cathéter et dans sa main gauche une autre pince avec un coton boule pour boucher l'orifice. Elle demande à Thierry d'inspirer, de retenir sa respiration – ce que fait mon frère qui se comporte comme n'importe quel patient obéissant. L'infirmière dépose le cathéter sur le champ stérile, dispose une compresse sur le coton boule et y ajoute deux bandes de pansements compressifs l'une sur l'autre en forme de croix.

Tout ce que vient d'accomplir l'infirmière est fautif. En effet, le cathéter central doit être enlevé avec la tête en bas (position de Trendelenburg), en expiration forcée pour empêcher l'air de pénétrer dans la veine. Or, le retrait s'est fait en inspiration forcée. C'est comme si on allumait le gaz au lieu de l'éteindre. Enfin, le pansement doit être hermétique, ce qui n'est pas le cas. Mon frère remonte alors sa tête de lit en position demi-assise. Or, le patient doit rester à plat en décubitus latéral, pas en position assise. L'infirmière ignorante des bonnes pratiques ne le corrige pas. Cinq minutes après, mon frère se tient la poitrine et présente des difficultés respiratoires. La polypnée se caractérise par des respirations rapides et sans amplitude. Il demande lui-même l'oxymètre. L'infirmière lui donne les lunettes à oxygène et appelle l'interne de garde. Mais que peut un interne en neurologie face à une détresse respiratoire ? Le pansement du point de ponction où se trouvait le cathéter jugulaire est refait. Mon frère est mis sous masque à oxygène à haute concentration.

À 18 heures, le cœur léger, ma belle-sœur ayant terminé sa réunion se dirige vers le service de neurologie afin d'y récupérer mon frère et qu'ils rentrent ensemble chez eux.

« Lorsque je sors de ma RCP je me rends directement en neurologie, je tente de rentrer dans la chambre de Thierry mais il est entouré par plusieurs personnes. Je reste dans le couloir, comprenant vite que quelque chose d'anormal se produit. J'appelle Fabienne (la cheffe de service de réa médicale), elle est à la fac de Mont-Saint-Aignan pour sa recherche, elle me dit qu'elle prévient tout de suite son équipe. Un jeune interne va et vient entre la salle de soins et la chambre en évitant mon regard. Un autre vient enfin me dire qu'il vaut mieux que je parte, mon mari a probablement fait un malaise vagal, on va appeler les réanimateurs et sans doute le descendre en réa où je pourrai le voir plus tard. Je regagne mon bureau, m'effondre... J'appelle une amie qui travaille dans le service de neurologie afin qu'elle aille aux nouvelles. »

À 18 h 10, cette amie neurologue, Anne-Laure, fait son entrée dans le service. Elle voit un groupe de personnes devant la chambre de Thierry. Parmi elles, la cheffe de clinique de neurologie, le chef de clinique de réanimation, et les internes. Par la porte de la chambre, elle découvre mon frère, torse nu, à demi assis, en sueur, pâle, avec son masque à oxygène. Elle demande à la cheffe de clinique de neurologie ce qui se passe. Elle lui répond qu'ils évoquent un pneumothorax ou une embolie pulmonaire. Mais mon frère est toujours en situation demi-assise, ce qui ne peut qu'aggraver son état. Anne-Laure entre dans sa chambre et s'approche de lui : « Thierry, c'est Anne-Laure ! » lui dit-elle. Il lui répond : « Anne-Laure, comment va ? » Mon frère est en train d'étouffer mais il prend des nouvelles des autres, signature même de son altruisme. Anne-Laure prévient ma belle-sœur Noëlle par téléphone, tombe sur son répondeur. Noëlle la rappelle cinq minutes après.

À 18 h 55, soit plus d'une heure après les premiers signes de détresse respiratoire, mon frère est transféré dans le service de réanimation. À son arrivée, il est mis sous oxygénothérapie haut débit. Son corps réclame beaucoup d'oxygène. Un cathéter fémoral est posé ainsi qu'un cathéter radial pour un remplissage vasculaire et la mesure des paramètres hémodynamiques cardio-vasculaires. Une échographie montre une diminution du plasma sanguin qui entraîne une baisse de la pression artérielle. On lui injecte alors des cristalloïdes pour augmenter le volume intravasculaire. Malgré cela, mon frère désature et son hypotension artérielle est manifeste. Une deuxième échographie révèle une arrivée massive de bulles dans l'oreillette droite avec un passage dans l'oreillette gauche, ce qui fait suspecter une réouverture du foramen ovale perméable. Lors de notre vie fœtale, il y a une communication entre les deux oreillettes, puis après notre naissance les deux oreillettes deviennent imperméables l'une à l'autre. Parfois ce foramen ovale reste perméable, ce qui ne nous empêche pas de vivre. Un quart de la population française vit avec cette pathologie bénigne.

L'angioscanner thoracique montre la présence de bulles de gaz dans le tronc veineux brachiocéphalique droit et la veine jugulaire droite. Il y a absence d'embolie pulmonaire mais l'aspect d'un œdème lésionnel du parenchyme pulmonaire. Des bulles. De simples bulles. Comme lorsqu'on regarde une eau pétillante. C'est léger d'ordinaire. Aérien. Divertissant comme une bulle de savon parfumée. Comme une planche de bande dessinée. Mais là, les bulles sont un poison.

XIV

Vers 20 h 30 Noëlle se rend dans le service de réanimation médicale qui se trouve dans le bâtiment en face de son bureau. Elle est reçue par la cheffe de service, cette amie qu'elle a prévenue et une infirmière qui s'est occupée de mon frère pendant ses plasmaphérèses. La réanimatrice lui explique que Thierry a fait une embolie gazeuse, parle d'un accident de « iatrogénie pure » c'est-à-dire lié aux soins défectueux. Elle évoque aussi la possibilité d'une séance de caisson d'oxygène hyperbare à Garches ou Lille mais affirme que pour le moment l'état neurologique de mon frère ne le justifie pas. Enfin, elle déplore que la porte d'entrée, là où était le cathéter, ne soit pas maîtrisée « car des bulles passent encore ». Noëlle lui demande s'il est normal qu'un cathéter aussi invasif puisque planté dans la jugulaire du cou soit retiré en service de neurologie et non en réanimation où il a été posé. Elle lui assure que cela a toujours été ainsi, qu'il n'y a jamais eu de problème et par « manque de chance cela tombe justement sur le professeur Frébourg ».

Au retour du scanner, on laisse Noëlle voir son mari. Il est conscient, allongé, tête à plat, éprouve des difficultés respiratoires. Il lui dit qu'il s'est senti partir, qu'il a dû demander lui-même l'oxymètre après l'ablation du cathéter. Il sait qu'il fait une embolie gazeuse et s'inquiète d'un épanchement pleural évoqué aussi par les médecins. Il lui demande si nos parents sont au courant. Noëlle le rassure en lui disant qu'ils les préviendront demain quand tout ira mieux, quand ils seront de nouveau ensemble. Thierry la charge d'embrasser leurs deux enfants, Coralie et Aurélien. Et dit à Noëlle qu'il l'aime plus que tout.

Quand Noëlle me téléphone pour la première fois, il est aux alentours de 21 h 30. Je dîne avec mes enfants et deux de leurs amis. Elle est dans l'angoisse absolue mais je me dis qu'on ne peut pas mourir d'une bulle d'air. Elle doit raccrocher pour parler aux médecins. Solitude de Noëlle. Elle est médecin, ancienne interne au Samu. Elle essaie de comprendre ce qui se passe et se sent pétrifiée. Qui appeler au secours ?

Avant de quitter le service de réanimation, elle parle avec l'un des réanimateurs et le neurologue qui suit mon frère. Elle perçoit dans leur regard une extrême inquiétude. Ma belle-sœur essaie de se reprendre et va chez des amis qui habitent à côté de chez elle. Elle a de telles douleurs au visage qu'elle est obligée de prendre des antalgiques.

À l'hôpital, une réévaluation échocardiographique est réalisée. Il n'y a presque plus de bulles dans l'oreillette droite. Les médecins jugent que Thierry est stabilisé sous oxygène à haut débit sous faibles doses de noradrénaline.

Il est de nouveau question de transférer mon frère vers un centre d'oxygénothérapie hyperbare à Lille ou Garches afin de faire disparaître les bulles qui habitent son corps. Mais à 22 heures, il présente une nouvelle instabilité hémodynamique nécessitant une augmentation de la noradrénaline. À 23 h 15, le centre hospitalier de Garches est contacté. Cette thérapie par caisson hyperbare est alors retenue. Mais pour le transport, il doit être sédaté. Mon frère donne son accord pour ce voyage vers l'inconscience, le grand sommeil. À 23 h 40, il est intubé. Quelles sont ses pensées avant d'être endormi ? Cette question me taraude. Sur le plan biologique, il présente un syndrome de fuite capillaire majeur c'est-à-dire une évasion du plasma hors du champ vasculaire et une acidose métabolique lactique, preuve de sa défaillance respiratoire. Il fait un arrêt cardio-respiratoire mais les médecins parviennent à relancer son cœur.

Accompagnée d'une amie qui est la médecin généraliste de mon frère, ma belle-sœur Noëlle revient vers minuit en réanimation. Elles sont toutes les deux reçues par le réanimateur de garde et deux internes. Ils leur expliquent que la situation s'est aggravée, que l'hémodynamique n'est pas maîtrisable, évoquent une hypertension pulmonaire, un foramen rouvert et une coagulation intravasculaire disséminée. Et lui disent que Thierry a donné son accord pour un transfert vers Garches. Noëlle demande si elle doit le suivre. On lui répond qu'il vaut mieux qu'elle revienne demain quand il sera rentré.

Pendant une heure, Noëlle attend devant le fourgon du Samu, dans la cour des urgences. Elle se dit qu'il y a peu d'espoir de sauver l'amour de sa vie. Une fois installé dans le fourgon du Samu, on laisse Noëlle revoir son mari. Il est inconscient mais elle lui parle. Le médecin réanimateur chargé du transfert dit à Noëlle que le transport sera périlleux mais qu'il l'appellera à son arrivée. À 1 heure, le fourgon du Samu quitte l'hôpital de Rouen.

Noëlle me tient informé, elle est étranglée par l'angoisse. Je suis dans mon lit, mon portable à côté de moi et serre une des peluches de mon dernier fils comme si elle pouvait nous sauver. Je dis à Noëlle d'aller dormir, ce qui lui est impossible, évidemment. Heures suspendues et obsessionnelles. Heures d'échafaud.

À 2 h 40, le fourgon du Samu que je n'ai cessé d'imaginer sur l'autoroute, espérant qu'il irait vite, sans encombre, entre à l'hôpital Raymond-Poincaré à Garches. Garches pour moi c'étaient les grands accidentés de la route, les motards fracassés, la rééducation. Je ne savais pas qu'il y existait des caissons hyperbares comme pour les plongeurs.

Il est noté dans cet hôpital que mon frère arrive sédaté, intubé, ventilé. Que ses pupilles sont en myosis symétrique (j'ai lu myosotis, ce qui correspondrait à ses yeux bleus), ce qui signifie qu'elles se sont rétractées, qu'il a des réflexes ostéotendineux vifs aux quatre membres et une trépidation épileptoïde des chevilles, signes caractéristiques d'un syndrome pyramidal c'est-à-dire d'une exagération des contractions musculaires et des réflexes signifiant qu'il y a une atteinte de la voie corticospinale. Cela fait souvent suite à un AVC ou à un traumatisme. Mais c'est presque un détail. Il est noté que mon frère présente un tableau initial de syndrome de détresse respiratoire aiguë, associé à un état de choc secondaire à une embolie gazeuse iatrogène.

Une échographie cardiaque réalisée à l'admission met en évidence « une fonction systolique correcte ainsi que l'absence de bulles dans les cavités cardiaques ». Les médecins poursuivent l'expansion volumique de son cœur, augmentent la dose de noradrénaline administrée avec un bolus de 100 mg d'hydrocortisone. Transféré dans une chambre hyperbare, mon frère bénéficie d'une séance d'oxygénothérapie. En cours de séance, devant la précarité de l'état hémodynamique associé à une acidose métabolique, il est décidé d'initier une dialyse.

À 6 heures du matin, la fille de Noëlle et Thierry, Coralie, ma filleule, a quitté son appartement de Paris pour rallier l'hôpital de Garches. Noëlle parvient à joindre au téléphone le réanimateur qui se tient près du caisson hyperbare. Il est peu loquace et lui explique que l'hémodynamique reste vacillante. Ma filleule Coralie est reçue de façon peu aimable à Garches. L'infirmière lui dit : « Votre père va repartir à Rouen. La séance de caisson s'est bien passée. Il n'a plus de bulles. » Elle peut le voir maintenant qu'il est sorti du caisson et qu'il se trouve en chambre de réanimation. Elle lui fait écouter les chansons antillaises de notre enfance, *Célimène* et *Adieu foulard, adieu madras.* Quand ma belle-sœur m'apprend que mon frère a subi une dialyse du rein, je me dis : je vais lui en donner un des miens. La panique me gagne. Je gémis : « Mon frère va mourir. Je vais perdre mon frère. » Mes enfants m'entendent.

Vite, partir, à son chevet. Retrouver Noëlle à Rouen. Emporter mes deux plus jeunes fils avec moi pour qu'ils m'aident à voler. Mon fils aîné est au Canada. Je monte dans ma voiture. Je fonce. Silence.

Noëlle est entourée d'Aurélien dont la lucidité m'a toujours étonné et d'une amie biologiste au CHU de Rouen. Noëlle s'installe à l'arrière de la voiture aux côtés de mon dernier fils, Gaston. Nous passons devant le CHU. Noëlle dit : « Il a donné sa vie à cet hôpital qui la lui a enlevée. » Mon neveu Aurélien ouvre la route dans sa voiture avec son amie à ses côtés. Je redoute un appel de Coralie, au chevet de son père, nous annonçant que tout est fini. La route me semble une suspension dans le temps.

Garches, hôpital de brique et de meulière. Une époque. Un hôpital figé dans sa vieillesse, le grand âge. Les murs couleur crème jaune. L'ascenseur métallique qui grince. Nous arrivons en réanimation au temps de la Covid. Nous sommes pétrifiés. On nous installe dans une pièce des familles. Noëlle a téléphoné au plus vieil ami de mon frère, Christophe, avec qui nous étions allés aux États-Unis, prof d'hépatologie à Henri-Mondor.

Christophe que je connais depuis l'enfance est là avec sa femme, Christine. Je nous revois partageant une pizza qu'ont commandée les enfants, essayant de nous tenir chaud alors que tout est froid autour de nous. À tour de rôle, nous allons prendre l'air. Christophe a demandé à voir le réanimateur de garde qui s'occupe de mon frère. Il est étonné de la dose de noradrénaline administrée et du volume d'oxygène qu'il reçoit. Le réanimateur porte une sorte de bandana qui lui fait office de charlotte. Il nous donne des nouvelles un peu encourageantes sur l'hémodynamique. C'est un signe d'espoir. On s'y accroche. Les effets secondaires et les conséquences de cette réanimation, il les ignore.

Il est en train de nous parler à un rythme rapide quand une infirmière entre dans la pièce et demande à le voir. Il nous quitte. On comprend très vite qu'il s'agit de mon frère. Nous sortons dans le couloir. Devant sa chambre. Thierry a fait un arrêt cardiaque. Un infirmier arrive avec l'appareil à électrochoc. Nous sommes coulés dans le béton. Le médecin vient nous voir en nous disant que c'est fini, qu'il n'a pas pu le ranimer malgré douze minutes de massage. Que son cœur a cessé de battre. Je crie : « Mon frère ! » Nous nous écroulons. « Pourquoi ? Pourquoi ? pleure un de mes fils. Qu'est-ce qu'on a fait ? » Réaction de culpabilité face à l'injustice, cet éclair. Mes parents mes parents… Papa, maman. Comment vais-je le leur annoncer ? Noëlle s'est transformée en statue de sel.

Écrire sur ces moments de terreur où mes fils me soutiennent, où mes enfants sont confrontés à la mort, où notre monde, celui qui m'a constitué, est irrémédiablement détruit reste aujourd'hui un supplice. Besoin de voir mon frère. De le voir même endormi. De sentir sa main chaude. De caresser ses beaux cheveux et son front. « Je te vengerai, je te vengerai, je te vengerai », dis-je alors que tout est désormais dérisoire. *Dies irae.*

XV

L'année qui précéda la mort de mon frère, l'an 2020, je relus le *Voyage au bout de la nuit* de Céline. Et l'année après sa mort fut publié son inédit *Guerre*. Depuis, je m'interroge sur la façon dont les écrivains que j'aime auraient écrit sur la tragédie qui emporta Thierry. J'avais souligné cette phrase de Céline : « C'est peut-être ça qu'on cherche à travers la vie, rien que cela, le plus grand chagrin possible pour devenir soi-même avant de mourir. » Je ne suis plus moi-même depuis la mort de mon frère. C'est le plus grand chagrin que nous avons à connaître. Un chagrin mythologique que rien n'effacera. Je suis un écorché comme celui du paquebot *Antilles*.

« La vie c'est dégueulasse ! » aurait pu écrire Céline. C'est la phrase lâchée par ma belle-sœur, Noëlle, le lendemain du drame quand nous sommes venus la rejoindre avec mes parents, à Rouen. « Avec la médecine, moi, pas très doué tout de même je m'étais bien rapproché des hommes, des bêtes, de tout. Maintenant, il n'y avait plus qu'à y aller carrément, dans le tas. La mort court après vous, faut se dépêcher et faut manger aussi pendant qu'on cherche et puis passer en dessous la guerre par-dessus le marché. Ça fait bien des choses à accomplir. C'est pas commode. »

Céline n'avait ni frère ni sœur. Il était l'unique. Dans *Voyage au bout de la nuit*, Bardamu est marqué pendant ses études de médecine par une petite fille morte d'une méningite après une agonie de trois semaines comme mon frère avait été marqué par le cancer qui avait foudroyé Dominique et l'esprit d'enfance. Mon frère et lui ne partageaient pas la même approche de leurs patients : « Quant aux malades, aux clients, je n'avais point d'illusions sur leur compte… Ils ne seraient dans un autre quartier ni moins rapaces ni moins lâches que ceux d'ici. » Mon frère débordait d'affection pour ses patients qu'il n'aurait jamais imaginé faire payer pour une consultation. Même une fois guéris, il restait en contact avec eux.

Mais la façon dont se conduisit l'hôpital public à l'égard de mon frère mort n'aurait pas étonné Céline. Il en aurait fait un tableau au vitriol.

Tout de suite, j'ai senti qu'on n'allait pas nous livrer toutes les pièces du drame. Qui, « on » ? Je les appellerai les grands prêtres de l'hôpital. Ils étaient amis, camarades d'études, confrères de Thierry. Ils occupaient des postes de chefs de service mais aussi des fonctions administratives. Je m'étais entretenu avec eux au téléphone dès le dimanche. Ils nous assuraient de leur compassion, de leur soutien, de leur admiration pour Thierry : des moyens exceptionnels seraient mis en œuvre pour comprendre l'enchaînement du drame et les responsabilités. Mais très vite, j'eus le pressentiment qu'il y aurait un détournement de la vérité. Tout d'abord l'un d'eux, un très proche de Thierry, me dit : « Mais votre frère était malade ! » Sous-entendant, il est mort des conséquences de sa maladie.

D'ailleurs, dès le lundi, la directrice du CHU avait annoncé à la presse que mon frère était décédé « brutalement » – une complication aiguë au cours du traitement d'une maladie récemment déclarée. Mon frère n'était pas mort d'une complication de sa maladie mais d'un accident iatrogène, c'est-à-dire d'une faute liée aux soins. Le poison était dans le fruit. La direction du CHU sous-entendait qu'il était malade, mort d'une crise cardiaque peut-être, des suites d'un cancer. Brouiller, embrouiller, détourner.

Mon frère était mort ce jour maudit de pluie du samedi 13 mars. Nous préparions sa messe. Le mardi suivant, ni ma belle-sœur ni moi n'avions reçu le moindre appel de la direction de l'hôpital, pas même un mot ou un texto de condoléances, de compassion. La façon dont est traitée, expédiée la mort aujourd'hui signe notre époque. Je me revois en compagnie de ma belle-sœur, de ma filleule et de mon neveu, sortant du rendez-vous avec le prêtre après avoir choisi des textes de la Bible sur les impies et le juste. Je m'étais décidé à appeler dans la matinée le secrétariat de la directrice de l'hôpital pour lui faire part de ma stupéfaction devant son silence.

Mon frère était l'un de ces forgerons en blouse blanche qui avaient participé au rayonnement du CHU Charles-Nicolle. Il soignait et enseignait car la jeunesse était sa préoccupation. La génétique était une science pionnière.

Ma belle-sœur avait donné trente ans de sa vie à cet hôpital où elle s'occupait du laboratoire de bactériologie et à la faculté où elle enseignait. Mais rien, pas un signe de l'Olympe administratif. Quand sa divinité suprême accepta de parler à un mortel, elle me livra cet oracle : « C'était par respect pour votre chagrin ! »

On décida d'une réunion. Avec les autorités médicales et administratives, ma belle-sœur, Noëlle, ma filleule, Coralie, mon neveu, Aurélien. Christophe, le meilleur ami de mon frère, le prof d'hépatologie d'Henri-Mondor. Nous étions dans le chagrin, désarmés, tendions la main, pacifiques dans nos mots : « Aidez-nous à comprendre la mécanique infernale du chaos. » On appelle cela la conciliation.

Dans cette grande salle de réunion, dans les anciens bâtiments de l'hôpital, j'avais l'impression que le CHU avait implosé, que tout avait été violemment aspiré puisque l'hôpital de Rouen se confondait avec mon frère. Cette salle qui servait aux réunions de la commission médicale d'établissement à laquelle avait appartenu mon frère avant d'en démissionner car la jugeant inefficace semblait grande et vide comme une église. Les grands prêtres étaient là.

Cela commença par une dégoulinade sur les collègues de Thierry et les membres de l'établissement « quel que soit leur statut » « profondément ébranlés ». Le coryphée : « Nous avons choisi un silence respectueux pendant plusieurs jours qui n'était pas une forme d'abandon. Compte tenu du caractère exceptionnel, exceptionnellement grave de cet évènement, nous devons passer à une étape d'analyse, de savoir et l'établissement veut mener une enquête précise, complète de tous les évènements de sa prise en charge. Il y a des procédures qui existent pour ces analyses de cause profonde. Cet évènement est déclaré à l'Agence régionale de santé (ARS). Ce n'est donc plus le CHU qui gère en interne mais le CHU en réfère à son autorité supérieure qui va surveiller le CHU. »

J'avais l'impression d'entendre une voix robotique avec des mots de la novlangue hospitalo-administrative. On nous avait promis d'interroger tous les intervenants plusieurs fois pour recouper les témoignages. Et la direction de l'hôpital s'engageait à se faire accompagner de deux experts indépendants extérieurs à l'hôpital qui nous reconstitueraient oralement ou par écrit les évènements et leurs analyses.

Noëlle, telle Andromaque ayant perdu Hector et drapée dans sa tristesse, ne voulait que « la reconnaissance des faits » pour enterrer sereinement Thierry. « Il ne faudrait jamais appeler aucun mortel heureux, avant d'avoir vu comment, à son dernier jour, il descendra aux enfers. » Noëlle regrettait « infiniment » de ne pas avoir un mot de condoléances, une main tendue de la part de l'hôpital, l'absence de tout contact. La direction se justifiait : « C'était un temps de respect. On regrette de s'être trompés. Désormais on souhaite que la communication soit la meilleure possible, qu'ensemble on chemine vers la vérité et que le CHU assume ses responsabilités. »

Cheminons, cheminons. Cheminée. Fumée. On demanda un rectificatif : Thierry était mort « d'un évènement indésirable, grave, lié aux soins, qui a engendré une embolie gazeuse». Et le CHU entamerait une enquête sur les causes profondes du décès. Christophe parla d'une démarche d'apaisement de notre part. Il fallait écouter chaque mot, regarder comme les Sioux les signes de fumée. On nous parla de procédure, de démarche objective, de manifestation de la vérité, d'expertise, d'enchaînement des évènements, de causes profondes, de facteurs influents et contributifs, de plan d'action, d'analyse technique. Deux analystes dont un ingénieur qualité se pencheraient sur le cas de mon frère. L'embolie gazeuse ne faisait aucun doute. Après, l'institution se drapait derrière le secret médical pour justifier les termes fautifs de son communiqué à la presse. Ma belle-sœur expliqua que Thierry s'était comporté comme un patient ordinaire, sans exigence ni passe-droit. Il était rentré chez lui chaque soir avec l'autorisation des médecins. Je pris la parole. Nous réclamions des «moyens exceptionnels au nom de ce que Thierry avait fait pour cet hôpital». Nous n'avions que la grandiloquence à opposer au vide. Je demandais si l'infirmière qui avait commis le geste fatal avait été entendue (elle avait écrit ses transmissions) et si la direction s'était entretenue avec le chef du service dans lequel mon frère avait suivi son traitement. «On a vu le professeur XXX. On n'a pas fait de compte rendu. C'était un échange entre professionnels de santé en grande souffrance.» Ils avaient passé une heure ensemble. Le chef de service était soi-disant bouleversé mais je soupçonnais que pendant cet entretien ils avaient élaboré le scénario de défense de l'institution.

Le dimanche soir (et seulement le dimanche soir), ce

chef de service avait envoyé à ma belle-sœur, Noëlle, un message formel d'une froideur inouïe. Je leur dis aussi que cet hôpital était notre maison et que mon père, capitaine au long cours, n'aurait pas attendu deux jours pour descendre de sa passerelle si un de ses hommes ou un de ses passagers avait été au seuil de la mort. Je leur demandais aussi d'aller vite car mon frère allait vite et qu'il était un être d'exception. Et que cette recherche de la vérité serait « le combat de ma vie ». Je conclus par mes parents crucifiés par le chagrin.

À son tour, ma filleule, Coralie, s'étonna que la direction ne se montrât pas plus désolée pour nous, qu'elle ne nous présentât pas ses condoléances et elle cita à l'opposé les messages reçus des États-Unis. Qu'est-ce qu'une embolie gazeuse ? « Seigneur, quel fut Thierry ? » aurait dit Andromaque.

Le monde de la recherche saluait Thierry comme un pionnier. Je me méfie de la littérature tombeau. Je l'ai pratiquée. Celle qui transfigure, dépasse plus qu'elle ne répare nos deuils. Et dans le même temps, c'est peut-être celle que je préfère car son infinie mélancolie m'enveloppe. Dans cette ambivalence, je vois l'ambiguïté de la littérature. D'ailleurs je n'aime pas le mot deuil. Porter un habit de deuil. Un voile noir, une cravate noire, un brassard noir comme autrefois. Le deuil c'est une étoffe finie. Pour mon frère, le chagrin est infini, océanique. Le livre de Barthes sur le deuil de sa mère est une somme d'aphorismes, de constats désolés. Une oscillation comme un pendule entre l'état de malheur et le malheur mis entre parenthèses. Vivre avec ses morts ce n'est pas accepter la mort. Ce sont les autres qui veulent vous les faire oublier.

« Les liens se dénouent, le remède existe. » Ce mot d'Agamemnon, Barthes le cite à la fin de son essai critique *Comment représenter l'antique*. Quel remède ? Il n'y en a pas. Il existe des détournements, des divertissements mais pas d'amnésie. L'oubli est le secret du bonheur. Barthes dit qu'après la mort de sa mère il s'ennuyait partout.

Quand mon unique est parti, j'ai su qu'il fallait encore vivre plus vite, plus intensément. Je me devais de porter sa force de vie. Je ne veux pas faire de littérature tombeau sur mon frère. Je n'en lisais pas adolescent. Des récits autobiographiques, sur l'enfance où rôde toujours la mort, un deuil, oui ! *Les Mots* de Sartre. Il faudrait peut-être ne pas s'encombrer, ni s'engoncer dans une névrose de mélancolie mais danser vers le ciel bleu. Tout écrivain perd un jour un être cher sur lequel il peut écrire. Il édifie une statue de mots, une verticalité. Le *Journal de deuil* de Barthes est au contraire un livre horizontal presque aphoristique, une douleur transformée par le zen de l'écriture, une note de piano blanche ou noire. On sent qu'il ne parvient pas à monter dans la portée.

Je vis une tragédie, nous vivons une tragédie car souvent une tragédie concerne la lignée : c'est le chagrin en chœur et dans le cœur. Nous étions une famille de la classe moyenne, nous aurions dû laisser indifférent le vent de la tragédie. Mais mon frère sortit du rang, devint un héros. Des humains médiocres et incompétents l'ont tué. Chaque fois que je reviens dans la maison de famille, où nous sommes en photo tous les deux, côte à côte, heureux de fêter l'anniversaire de l'un des nôtres, un jour de soleil toujours, j'ai l'impression de descendre dans un grand tombeau. Cette maison, notre Argos (« *Et dulces moriens reminiscitur Argos* »), notre patrie et notre phratrie de la douceur et du bonheur. Et chaque fois désormais que j'y viens, je ressens de la colère et du chagrin : n'oublie jamais de le venger !

Le propre de la tragédie est qu'elle frappe injustement avec cette dégueulasserie, cette bouche de feu du dragon. Peut-être aurions-nous dû inscrire sur le fronton de la maison : « *Et in Arcadia ego.* » Et pourtant, nous n'étions pas ignorants. Nous savions que la mort rôdait comme un loup autour de la bergerie du bonheur. Mon frère était un homme de science confronté chaque jour à la mort. Il était le doigt de la sagesse, comme celui du berger qui déchiffre l'inscription fatale. Fatale vraiment ? Est-ce une maxime, une phrase de sermon, un aphorisme, une sentence ? Une phrase proverbiale et clé ouvrant le mystère. Une ambivalence. Une locution. Le tombeau de mon frère étant désormais mon autre maison, celle de la conversation céleste. Il apparut donc presque naturel que je rencontre Nicolas Poussin, ce peintre du grand mystère, de l'intemporel, du temps qui passe.

XVI

On ne comprend pas Poussin et les bergers d'Arcadie quand on a vingt ans. Il faut avoir pris en compte l'inéluctable, le crépuscule de la vie. Les tableaux de Poussin pourraient faire pourtant songer à de grandes plaines au soleil. Ce paysage naturel puis spirituel comme chez Virgile. On ne comprend pas Virgile au temps des premières traductions latines, quand on pioche dans *Les Bucoliques*. Pourtant mon frère et moi avions fréquenté son école.

Poussin est son meilleur lecteur. Tout est en place dans l'ordre du sacré. La véritable innocence est l'ignorance de la mort et du mal. Comme l'est cette expression des deux bergers d'Arcadie peinte par l'Italien Guerchin quand ils découvrent le crâne d'un squelette. J'aime leur regard de surprise maîtrisée. Ils ne sont pas renversés ni effrayés par la vision du crâne. Le bâton de berger qu'ils tiennent entre leurs mains leur permet de s'accrocher à la verticalité de la vie : le vivant est debout, le mort couché. La composition du tableau du Guerchin est très surprenante. Les deux bergers, l'un de blanc vêtu et l'autre de rouge, découvrent le crâne d'un squelette presque à la dérobée. Dans la partie droite du tableau, le crâne sur lequel est posée une mouche (la décomposition) et à côté duquel se trouve une souris (elle ronge le temps). Le crâne ne regarde pas les bergers. Il regarde ailleurs vers le spectateur du tableau et encore de biais. Le Guerchin, il Guercino cela signifie « le Loucheur ». De son vrai nom, il s'appelait Giovanni Francesco Barbieri. C'est lui qui inspira à Poussin son *Et in Arcadia ego.*

Car tout est en ligne de fuite. Comme le temps. On sait qu'il passe. Mais on évite de penser à la mort qui, elle, vous attend. Le paysage est pour le coup bucolique, permanent, stable. La campagne, son horizon infini que rien ne peut ébranler. Être chassé de son paysage, de sa patrie est la pire des conditions. Mais nous sommes expulsés par la force des choses du pays natal.

Le tableau du Guerchin date de 1622. La première version des *Bergers d'Arcadie* de Poussin date probablement de 1628-1629. La mort est dans la nature mais elle est extraordinaire. « Fragilité du bonheur et vanité du désir », soulignent les exégètes de Poussin. Il y a pourtant un âge d'or chez Poussin. L'or de la vie. La communion du ciel, des hommes, de la nature et du sacré. L'âge d'or ? On le dit pour une époque, un siècle, pas pour un homme ou une femme. On se trompe. On se fait des illusions. Comme on commet une erreur quand on regarde les tableaux de Poussin.

On passe toujours à côté au premier regard. On le perçoit comme un peintre de scènes mythologiques et antiques,

« un peintre dépassé » comme l'a dit Mme de Cambremer chez Proust. Moi aussi, je suis passé à côté de Poussin, au premier regard. Mais il faut sortir de nos petites vies quotidiennes, pour accéder à cet âge d'or. Bellori, un de ses premiers biographes, qui connut Poussin, dit qu'il a peint des « *moral poesie* », c'est-à-dire des « tableaux à réflexion morale ».

Je lis dans *La Mort de Virgile* d'Hermann Broch : « Les portes de l'empire plutonien sont toujours ouvertes, inévitable est la chute, d'où l'on ne revient jamais… »

La mort chez Poussin, dans nombre de ses tableaux, peut sembler libératrice, peut-être pas extatique, mais la mort de l'homme fait songer à son sommeil après l'amour. Ainsi en est-il de *Vénus pleurant Adonis*, inspiré cette fois par la lecture des *Métamorphoses* d'Ovide. Adonis est allé à la chasse malgré les supplications de Vénus et a été tué par un sanglier. Adonis est allongé la tête inclinée vers la gauche, le bras gauche grand ouvert comme sur une couche, les jambes ouvertes. Mon frère, lui, n'avait commis aucune imprudence. La corne du sanglier était ce cathéter jugulaire qu'une infirmière incompétente lui ôta. Elle ne comprima pas assez le point de ponction. Une bulle d'air – cet air pourtant si vital – entra dans sa veine et le tua en entraînant une embolie gazeuse. Elle avait tué mon frère. Sa femme, Noëlle, maudirait cette vie dégueulasse, pleurerait son mari. Au destin, elle dirait aussi comme dans *Les Métamorphoses* : « Non, tout ne sera pourtant pas soumis à ta loi, il subsistera à jamais un souvenir de ma douleur,

Adonis. La scène de ta mort périodiquement représentée, rappellera chaque année mes lamentations ; et ton sang sera changé en fleurs. »

Nous avions l'obsession que mon frère fût dans un lit de fleurs. Nous le recouvrions chaque jour. Non, la pierre ne lui convenait pas. Le ciment, le marbre, ce n'était pas possible. Ce n'était pas lui. Nous avions réussi à rester de longues journées à côté de sa dépouille pour apprivoiser la mort, parler avec lui, caresser son front, toucher sa main. Ne jamais le quitter. Nous persuader que son intelligence, son sourire étaient encore là. Broch, *La Mort de Virgile* toujours : « C'était la crampe horrible d'une prostration cataleptique, où il resterait, enfermé dans le cercueil, étendu pour le voyage, immobile, solitaire, sans assistance, sans intercession, sans aide, sans grâce, sans lumière, sans éternité, entouré de dalles de pierres inébranlables, qui ne s'ouvriront plus pour aucune résurrection. »

Les héros sont mortels. Et je ne peux voir que mon frère sur son lit de mort devant le tableau *La Mort de Germanicus*. Ce jeune général, ce césar dans la force de l'âge, doué pour l'éloquence, était à Rome quinze années avant la naissance de Jésus-Christ. Il fut l'ami d'Ovide qui lui dédia *Les Fastes*. C'est un prince de la famille impériale julio-claudienne. Son vrai nom est Caius Julius Caesar. Sa popularité, ses succès militaires sont immenses. Il est marié à Agrippine qui lui donne six enfants dont le futur Caligula. Son père adoptif, l'empereur Tibère, jaloux de lui, l'envoie en Orient. Germanicus tombe malade. Il est convaincu d'avoir été empoisonné par le gouverneur de Syrie, Pison, inféodé à Tibère. Tous les compagnons d'armes de Germanicus se sont précipités au chevet de son lit d'agonie. Il y a naturellement Agrippine et ses enfants. L'affliction est totale. Le visage de Germanicus déjà celui d'un mort. L'ombre a mangé sa peau blanche. Ce qui est blanc c'est la toge de Germanicus, la blancheur de l'innocence, symbolisée aussi par la présence de deux enfants de Germanicus, la relève virile. Car Germanicus est un général, un homme d'action mais aussi un poète. Les visages sont penchés ou entre les mains. Chagrin et mélancolie.

Mais les amis de Germanicus entourent le héros, relèvent la tête et même lèvent un doigt vengeur. Ce guerrier a une tunique de bronze et une toge bleue jetée sur l'épaule gauche. Elle a l'épaisseur du velours, du même tissu que le drap théâtral derrière le lit de Germanicus censé le protéger des regards indiscrets. Nous sommes le regard. Ce bleu immense qui est le ciel, mais aussi la Méditerranée. On voit tout, l'étendue de la tragédie…

On n'entend pas néanmoins les dernières paroles de Germanicus rapportées cette fois par Suétone : « Le premier devoir de l'amitié n'est pas de donner à celui qui n'est plus de stériles regrets ; c'est de garder le souvenir de ce qu'il a voulu, d'accomplir ce qu'il a commandé. Les inconnus même pleureront Germanicus : vous, vous le vengerez, si c'était moi que vous aimiez plutôt que ma fortune. Montrez au peuple romain la petite-fille du divin Auguste, celle qui fut mon épouse ; dénombrez-lui mes six enfants.

La pitié sera pour les accusateurs ; et quand le mensonge alléguerait des ordres impies, on refuserait de croire, ou l'on ne pardonnerait pas. »

Les amis de César lui jurèrent, en touchant sa main défaillante, de mourir avant de renoncer à le venger.

Mon frère est Germanicus et je me suis juré de le venger, de ne jamais renoncer. J'ai vécu des situations injustes, des trahisons, la main de la vengeance m'a effleuré mais j'ai renoncé grâce à de sages conseils notamment de la part d'un ami qui avait été enchaîné pendant trois ans et demi chez des islamistes et qui me répétait : « La vengeance ne sert à rien. » J'avais fini par croire qu'il avait raison. La Bible ne nous enseigne-t-elle pas le pardon ?

« Le prince interrompu », tel est le surnom donné par les historiens à Germanicus. Un prince idéal. « On sait que Germanicus réunissait à un degré que n'atteignit jamais personne, tous les avantages du corps et les qualités de l'esprit, une beauté et une valeur singulières, une profonde érudition et une haute éloquence dans les lettres grecques et les lettres latines, une bonté d'âme admirable, le plus grand désir de se concilier et de mériter l'affection de semblables, et le plus merveilleux talent pour y réussir. »

La bonté d'âme, voilà ce qui caractérise les êtres supérieurs. Et mon frère a tout de Germanicus. Les hommes baissent la nuque un jour, renoncent, se contentent d'une rente, d'une vie moyenne. Pas mon frère, qui se dépassait sans cesse pour guérir les autres. Et c'est pour cela que je porte haut comme le doigt du compagnon de Germanicus mon désir de vengeance. Elle est devenue un thème d'études littéraires. Je lis en préambule d'un colloque : « Dans la Grèce antique la vengeance, la némésis, fut d'abord une idée morale. Elle devint ensuite une véritable divinité, Némésis, la déesse de l'équité, qui agissait chaque fois que la démesure des mortels, l'hybris, mettait l'équilibre de l'univers en danger. Pour reprendre une définition du dictionnaire d'Anatole Bailly, Némésis était "la déesse de la justice distributive, qui châtie l'excès de bonheur ou d'orgueil". Némésis n'accomplissait donc pas des vengeances aveugles ; elle n'avait en fait qu'une fonction essentielle : empêcher les orgueilleux mortels de devenir les égaux des dieux. »

Mon frère a-t-il été châtié et nous-mêmes par conséquence à cause d'un excès de bonheur ou d'orgueil ? Mon frère était l'humilité incarnée. Nous n'étalions pas notre bonheur familial. Mais à mes yeux, il était un dieu de la médecine. Je sais, je chante la gloire de mon frère dans le désert absolu, comme un fou, un poète antique chante la mort du héros, de Germanicus, ou de l'empereur. Broch fait dire à Virgile : « Je ne veux rabaisser aucun de mes confrères, mais de pures glorifications n'avancent à rien, surtout pour la connaissance. »

À quoi servent les lauriers ? Rouen n'est pas Rome. Et pourtant c'est une cité antique de la médecine. La ville d'Achille-Cléophas et d'Achille Flaubert, père et frère de Gustave, des chirurgiens qui eux aussi ont fait avancer la science de leur temps. C'est une ville où le fleuve de la médecine est enlacé à celui de la littérature. C'est une ville bien en place, au sens de bien assise au bord de la Seine, qui engendre des fusées comme Corneille, Fontenelle, Flaubert, Duchamp qui font déborder le lit du fleuve. Seul l'art peut transfigurer, porter au ciel les morts. Il ne faut surtout pas les enterrer mais les « encieler », les porter aux nues.

En ces jours terribles de mars, deux amis, D. et S., arpentaient les montagnes du Haut-Adige, des Dolomites, de la Carinthie et du Tyrol. Ils m'envoyaient des photos pour me sortir du tombeau. Ils faisaient des prières, eux qui ne croyaient pas, pour mon frère au col de Merbjoch, écrivaient un mot en sa mémoire dans le petit livre d'or accroché à une croix, atteignaient les montagnes de cristal qui sont le royaume blanc des morts selon la mythologie slave, pleuraient devant le panorama des montagnes de verre chanté par Dino Buzzati, écrivain qui compta tant pour Thierry, lisaient à voix haute un poème d'Aragon :

C'est une chose au fond que je ne puis comprendre
Cette peur de mourir que les gens ont en eux
Comme si ce n'était pas assez merveilleux
Que le ciel un moment nous ait paru si tendre.

Ils parvenaient à me faire marcher dans le ciel.

Oui, je veux parcourir le pays pour souffler dans les trompettes de la gloire et poursuivre les méchants, les coupables. Parole d'Octave à Virgile : « Ton œuvre continuera éternellement à se perfectionner ; elle sera continuée un jour par tes successeurs selon ta volonté, mais pour moi, il n'y a pas de continuateur. »

Ce que mon frère cherchait, d'autres le trouveront-ils ? Le travail d'équipe, d'équipage était si essentiel à ses yeux. Mais sa voix et sa voie pour approcher la vérité, la guérison définitive des patients, étaient uniques. Broch toujours : « Le désir de gloire du poète dépasse les limites de la mort. » Mon frère n'avait pas de désir de gloire. Je veux porter ce drap d'or partout pour faire savoir qui il est car c'est un homme du présent, du futur, fidèle au passé héroïque. Un prophète de la médecine. « Mais notre piété doit mener à la clarté », dit Auguste à Virgile.

Et voici l'admirable réponse de Virgile : « Celui qui est pieux, Auguste, est déjà dans la certitude ; il vit dans le souvenir de la loi, donnée par le Père originel, et c'est pourquoi sa mémoire est déjà capable de parler avec celui qui viendra, sans avoir encore entendu son pas ; il le sert dans une dévotion aimante, bien qu'il n'en ait pas encore reçu l'ordre ; il appelle celui qu'aucun appel ne peut convoquer, en le convoquant, il le crée… La Piété c'est pour l'homme la conscience d'échapper à son inéluctable solitude ; la piété, c'est la vision de l'aveugle et l'audition du sourd, car la piété, c'est la connaissance dans la simplicité… »

Mon frère avait la piété de la science. J'ai la piété de mon frère. Je la ressens cette terrible solitude, ce grand froid. À d'autres moments de ma vie, j'ai connu l'exil intérieur. Mais cette fois, je suis descendu au tombeau et j'ai ressenti le terrible vent froid. L'amputation définitive. Je sais que la gloire n'appartient qu'à Dieu. Selon le *Dictionnaire Jésus* : « La gloire renvoie donc à l'assomption de toutes les créatures dans le resplendissement de la toute-puissance de Dieu. » C'est bien pour cela que je ne comprends pas le mot enterrement. « Debout, Jérusalem, resplendis ! Elle est venue, ta lumière, et la gloire du seigneur s'est levée sur toi. » C'est le lyrisme expansif du livre d'Isaïe.

XVII

À quel moment mon frère a-t-il été élu pour guérir ? Il aurait pu devenir médecin, spécialiste, gagner de l'argent dans une clinique privée. C'est le destin de nombre de docteurs qui, à un moment, décident avoir assez étudié, souffrent d'être payés comme des miséreux. À la quarantaine, ils font de l'acte médical une corne d'abondance. Mon frère était l'homme de l'hôpital. C'était un homme hospitalier, qui accueillait ses patients dans la maison du soin qui devrait être aussi celle de la joie. Comment concilier les deux ? Il devrait y avoir dans les hôpitaux où la mécanique de l'acte, la noria des malades, le « turnover » dans le langage des managers à la tête de ces grandes entreprises, sont désormais les nouveaux credos, des conversations philosophiques sous un portique, au grand air, dans les jardins.

La philosophie et la main du médecin soignent plus que les écrans qui ont instauré la médecine muette : celle qui ne parle pas. Celle de la plateforme, de l'aiguillage, du planning et du protocole. Celle efficace qui transforme l'hôpital en ce lieu aseptisé, tribunal du jugement dernier, avec droits du malade et charte de l'hospitalisé. Que Virgile qui était aussi un peu médecin revienne dans les hôpitaux où l'enseignement de la sagesse nous rendrait peut-être un peu moins tristes. Les mains de pianiste de mon frère faisaient merveille. Il faut toucher, ausculter, écouter pour pouvoir guérir. Mon frère développait des outils de technologie futuristes mais n'oubliait pas de recevoir ses patients, de leur expliquer leurs prédispositions génétiques.

Le futurisme doit rester ancré dans le terreau latin et grec sinon il devient une barbarie. Le diagnostic et le pronostic se sont améliorés mais l'hôpital s'est déshumanisé. Nous avons peur d'y mourir. Vite, rentrons à la maison ! L'hôpital est aussi la maison hospitalière avant qu'elle ne devienne une usine, un monstre où l'on se perd. Et pourtant l'hôpital devrait être le temple de l'humanité : « *Humanitas fragilis, humanitas caduca* », « humanité fragile, humanité éphémère ». « Deux faiblesses qui s'appuient l'une sur l'autre produisent ensemble une force », affirmait Léonard de Vinci.

Les grands médecins sont des artistes, des femmes et hommes de la main. « L'homme tient le temps dans sa main », dit Auguste à Virgile. Et « la connaissance restera toujours un devoir, elle restera toujours la tache divine de l'homme », écrit Broch, comme un oracle. « Nous sommes prisonniers du temps, nous le sommes tous, et la connaissance elle-même l'est aussi. »

Mon frère était un homme pressé mais pleinement dans le temps et l'action qui l'occupaient. Connaît-on mieux la vie quand on côtoie chaque jour la mort ? Sans doute. Cela signifie quoi connaître la mort ? La mort est impensable. Quand nous la connaissons c'est que nous sommes morts et que nous n'en avons pas conscience. Nous ne connaissons que l'idée de la mort. C'est pourquoi nous nous la représentons sans cesse. « C'est à la lumière de la plénitude de sens révélée par la mort qu'apparaît le sens immense de la vie. »

Or, c'est bien cette révélation qui frappe les bergers d'Arcadie du Guerchin et de Poussin, du moins chez ce dernier dans la première version du tableau qui se trouve au château de Chatsworth, en Grande-Bretagne. Elle se transforme en contemplation dans la seconde version qui, elle, se trouve au Louvre. « Le tableau du Louvre, écrit le critique d'art Erwin Panofsky, ne représente plus une dramatique rencontre avec la Mort, mais une méditation contemplative sur l'idée de mortalité. Une leçon de morale, au voile transparent, s'est métamorphosée en sentiment élégiaque non déguisé. »

Et la contemplation est une forme de suspension du temps un peu béate. Nous sommes pétrifiés. Poussin disait faire profession de « ces choses muettes ». Les quatre personnages de *Et in Arcadia ego* sont réunis autour du tombeau mais en même temps isolés dans leur contemplation. Ils s'abîment au sens littéral du mot. Lévi-Strauss dans *En regardant Poussin* parle « des personnages ou des groupes de personnages figés dans leur isolement et qui ne semblent même pas conscients de la présence les uns des autres ». « Mais quand nous contemplons la mort, dans cet état calme presque de béatitude c'est que nous sommes en vie. Certes la pensée est une inquiétude. Mais la mort est toujours violente. Elle est inimaginable au sens propre du mot. »

Que ce soit dans le tableau du Guerchin ou la première version de Poussin, la mort est une irruption, donc une brutalité. Elle n'enveloppe pas. Elle surgit. Alors que dans le tableau du Louvre tout est harmonie, dans un paysage d'or. Et pourtant dans la pastorale intervient la femme. Un peu madone, elle détonne, cette femme habillée de noir et d'or (est-ce que ce sont les couleurs de la mort ?). Elle est moins nue que les trois autres bergers. Ce n'est pas une paysanne. Elle est noble et simple. Grande et forte. Sa main droite est posée sur l'épaule gauche du berger de droite. Elle semble dire : « Je suis là. » Pas d'effraction. Un apaisement, un peu surprenant. Certes son épaule gauche est dénudée et pourrait suggérer une sollicitation érotique. Sa main repliée de façon débonnaire sur sa hanche gauche accentue la lourdeur, la chape et le poids du personnage. Car tout est lourd et léger dans ce tableau. Lourd le tombeau. Lourde l'atmosphère. Et néanmoins tout est suspendu. Claude Lévi-Strauss, fin observateur de Poussin, écrit : « Dans un tableau de Poussin aucune partie n'est inégale au tout. Chacune est un chef-d'œuvre de même rang qui, considéré seul, offre autant d'intérêt. Le tableau apparaît ainsi comme une organisation au deuxième degré d'organisations déjà présentes jusque dans les détails. Cela est aussi vrai vu dans l'autre sens : il arrive qu'une figure, dans un tableau de Poussin qui en contient plusieurs, paraisse être à soi seule un tableau complet de Corot. L'organisation du tout transpose à plus grande échelle celle des parties, chaque figure est aussi pensée que l'ensemble. »

Que vois-je au premier plan du tableau ? Des corps, de la chair, du muscle, les pieds sur terre et derrière la pierre, le coffre du tombeau et le mystère à défricher. Tombe, tomber, tombeau. *Tumba.* La mort est là. Mais nos anciens croyaient à l'au-delà. La foi reste un mystère chez Nicolas Poussin. C'est un peintre chrétien, à l'évidence. Un lecteur de la Bible, de saint Augustin. Son dialogue avec Dieu et les Écritures est permanent. Ses séries sur les sacrements marquent une apothéose. Mais croyait-il à la résurrection ? Mystère et boule de gomme !

Mon frère ne croyait pas en Dieu alors que tout chez lui était sacré. Ne pratiquait-il pas l'imposition des mains, l'accompagnement des malades ? N'était-il pas entré dans l'ordre des médecins ? J'ai toujours pensé que les médecins étaient nos nouveaux prêtres. Jésus guérit avec bonté mais aussi humilité. Il refuse la magie, les soins extraordinaires. Les médecins nous donnent parfois pourtant l'impression de réaliser des miracles, de réparer l'irréparable. La médecine publique est un ordre, aujourd'hui, mendiant. La cour, le professeur, ses internes figuraient Jésus et ses apôtres. Comme l'Église, la médecine publique a fini par s'écrouler. Dans l'indifférence à l'image de l'effondrement du sacré.

Certes, Thierry avait quitté sa terre de naissance. Mais on n'est pas damné pour autant. Poussin lui était parti pour Rome, ville qui réunissait toutes les beautés de la civilisation. Thierry pour Rouen, la ville de Géricault, peinte par tous les patrons de l'impressionnisme. Autrefois, les familles bourgeoises gardaient des grands tableaux de leurs défunts dans le salon tandis que le balancier de l'horloge rappelait l'écoulement du temps. Je ne pouvais pas passer ma vie à célébrer le culte des morts, de mon mort, de mon frère chéri. Lors de son voyage en Italie, Goethe écrivait : « Le vent qui souffle des tombes antiques est chargé de parfums comme s'il passait sur une colline de roses. Les tombeaux émeuvent, parlent au cœur et représentent toujours la vie. »

Le lendemain de la mort de mon frère, j'ai eu l'impression qu'il se fondait en moi, que nous étions deux dans le même corps. Pas seulement son âme qui aurait transmigré en moi, se serait réincarnée, mais son corps aussi.

Selon Spinoza, « la méditation du sage n'est pas une méditation de la mort mais de la vie ». Mon ami S. me citait cette phrase de Synge en me disant qu'il fallait la faire mentir : « Le chagrin est plus fort que la mer. » Il me prenait par vagues, m'emportait dans son tourbillon, me faisait plonger dans notre passé commun. J'ouvrais les yeux. Je revoyais les tableaux familiaux, plus heureux les uns que les autres, mais aussi ceux plus tristes où nous avions pleuré nos morts, où il m'avait soutenu car c'était l'aîné. Un autre de mes amis me disait : « Ne garde que les bons souvenirs. » Mais leur convocation m'écrasait le cœur. Sa mort était impossible. Nous avions perdu la tête. C'était comme si toutes ces années de bonheur familial avaient été écrabouillées, enterrées. Un coup de pelle sur le crâne et nous y étions tous passés. Le rideau était tombé définitivement.

Je n'avais vu mon frère que mordre la vie avec appétit,

ne se plaignant jamais, sachant parfaitement les atrocités que peut nous réserver notre pauvre corps, notre enveloppe physique. Pourquoi a-t-il connu cette fin tragique ? Pourquoi lui a-t-on infligé un tel supplice ?

Nous venions de vivre un an de pandémie. Tout s'était figé et effacé. Il n'était pas certain que nous retiendrions des moments mémorables de cette parenthèse, de cette suspension. La gesticulation de nos politiques, la guerre sanitaire, l'applaudissement aux soignants. Le nombre de contaminations chaque jour, le nombre de patients en réa, la statistique de morts. Un virus, c'est-à-dire un ennemi invisible. Nous étions sous la gouvernance de l'absurde. Ne pas dépasser 1 kilomètre autour de chez soi, en plein air. Je me souviens de ma dernière navigation en mer de Manche, dans une tempête de février, entre Brest et Saint-Malo, à bord du bâtiment école *Jaguar*. De mon dernier séjour à Lisbonne. On se sentait au bord de l'effondrement, d'un séisme mondial. Ce n'était pas la guerre. C'était un monde flou, inconnu dans lequel nous allions plonger.

Mon frère et ma belle-sœur, médecins dans le même hôpital, assuraient leur service. Thierry avait développé des tests ultrarapides pour détecter le virus. Pendant ce temps les cancers, les maladies génétiques continuaient leur folle sarabande. Prendre soin de nos parents était notre souci quotidien. Nous n'avions plus le droit de nous embrasser. Tout était dit.

XVIII

Seul le sacré pouvait nous permettre de rester avec mon frère. Au matin, je le sentis donc m'habiter. « Demeurez en moi, et moi en vous », dit Jésus-Christ, dans l'évangile selon saint Jean. Il me donnait sa force. Il me portait et me transportait. J'étais condamné au sublime. Mon frère était mort le troisième samedi du Carême. Le calendrier liturgique proposait comme lecture du jour le livre du prophète Osée :

Venez, retournons vers le Seigneur !
Il a blessé,
mais il nous guérira ;
il a frappé mais il nous signera.
Après deux jours, il nous rendra la vie ;
il nous relèvera le troisième jour : alors, nous vivrons devant sa face.

Et en même temps, je savais que nous ne serions plus sauvés parce que mon frère était le sauveur. Mon frère avait toujours été mon sauveur. Il ne serait plus là. Je ne cédais pas à la fièvre mystique. Je n'avais pas le choix. Je mesurais l'étendue du désastre, la plaine du chaos.

Lui à qui on avait donné le prénom de Thierry à l'époque de Thierry la Fronde. Il était un frondeur dans son domaine de recherche. Mais il était le juste, le résistant. Lui qui avait construit son monde entre collaborateurs et résistants. Qui chaque fois qu'il venait déjeuner chez mes parents ou chez moi partait au volant de sa voiture en faisant le V de la victoire. Et lorsque je venais le voir, déjeuner chez lui et Noëlle, il me disait – connaissant ma conduite excessive – « Sois prudent, mon cher frère ». En me prenant dans ses bras comme il l'avait toujours fait quand les chagrins de la vie m'avaient coupé les jarrets et mis à terre. Mon frère était désormais un habitant du ciel, un héros, le mien en tout cas. Sur la couronne de fleurs blanches que je déposerais sur sa tombe, je demanderais qu'on écrive « *À mon frère, ce héros* ». « Héros, écrivait Hiéroclès en commentant Pythagore, cité par Chateaubriand dans *Génie du christianisme*, vient d'un mot grec qui signifie amour, pour marquer que, pleins d'amour pour Dieu, les héros ne cherchent qu'à nous aider à passer de cette vie terrestre à une vie divine, et à devenir citoyens du ciel. » Où était mon frère ?

« Ils allaient obscurs dans la nuit solitaire, à travers l'ombre, à travers la demeure vide de Dis et son royaume sans vie. Tel, par une lune incertaine, sous une lueur avare, un chemin en forêt, quand Jupiter a enfoui le ciel dans l'ombre et que la noire nuit a ôté aux choses leurs couleurs. » (Virgile, *L'Énéide*) Dis, le dieu romain des Enfers…

Nous les vivants étions plongés dans l'enfer. Mon frère était parvenu « aux espaces riants, à l'aimable verdoiement des bosquets fortunés, au séjour des bienheureux. Un ciel plus large y revêt les campagnes d'une glorieuse lumière, ils y ont leur propre soleil, leurs constellations ». Je sentais physiquement ce soleil entrer en moi. Il était mon dieu. Je ne pouvais lui dire adieu. Mon frère n'était pas une âme recluse, il devait monter comme Anchise, le père d'Énée, « à la lumière d'en haut ». Il appartenait désormais au royaume de l'imagination.

La lumière est venue dans le monde,
et les hommes ont préféré les ténèbres à la lumière,
parce que leurs œuvres étaient mauvaises.
Celui qui fait le mal déteste la lumière :
il ne vient pas à la lumière
de peur que ses œuvres ne soient dénoncées :
mais celui qui fait la vérité vient à la lumière, pour qu'il soit manifeste que ses œuvres ont été accomplies en union avec Dieu.

La mythologie me permettait aussi de le rendre immortel, de parler avec lui, de le rencontrer, de le rendre encore plus vivant que ceux qui restaient. Il ne pouvait être l'absent. Il n'y aurait plus d'apaisement, plus de fête. Il fallait pourtant trouver l'issue. Insuffler de la joie pour que nos parents, sa femme, ses enfants ne se consument pas dans le chagrin. Ne pas céder aux ténèbres qui avaient tout recouvert. Il allait ressusciter.

Le fils de l'homme sera livré
aux grands prêtres et aux scribes,
Ils le condamneront à mort
et le livreront aux nations païennes
pour qu'elles se moquent de lui,
le flagellent et le crucifient ; le troisième jour, il ressuscitera.

Mon frère ne croyait pas mais j'allais croire en lui.

XIX

Nous vivions des jours terribles. Il était partout. Je devais d'abord tenir une famille éplorée dont le pilier lumineux avait disparu. Rouen était devenue un champ de bataille lugubre. « Mes pauvres parents ! Mes pauvres parents. » Et Noëlle, ma belle-sœur, devenue ma sœur, transpercée par l'épée du destin. Ma filleule, mon neveu ! Cette fois, il n'y avait pas de remède. Les larmes sont notre seule réponse à l'arrachement des nôtres. Je devais tenir aussi pour mes enfants. Leurs larmes étaient un supplice comme celles de mes parents.

Nous n'avions pas pu fêter en grande pompe les soixante ans de mon frère à cause de la Covid. On ne pouvait oublier son anniversaire, un 18 juin, jour de l'appel du général de Gaulle. Il était marqué par ce jour comme s'il avait été baptisé par le signe de la croix de Lorraine. Ma filleule avait prévu une grande fête surprise avec tous ses amis, chez lui. Elle avait même conçu un film retraçant ses soixante ans de vie. Il avait l'âme et l'énergie d'un jeune homme.

Mon frère adorait faire la fête, il était capable de prendre des cuites qui finissaient toujours au rhum. Elles agissaient chez lui comme un exutoire. C'était son moment d'extraversion, de libation, d'exagération. Dans la fratrie, c'était moi le mélancolique, le pessimiste, l'hypocondriaque. C'est pourquoi ce récit doit être à la hauteur de sa joie de vivre. Il fallait que je choisisse le parti de la lumière, lui qui aimait tant le soleil, l'envolée lyrique. Je me devais de rester dans une peinture de Matisse. Mais le 18 juin 2020, à défaut d'une fiesta, j'étais allé dîner avec lui et ma belle-sœur dans leur jardin de Rouen. Je lui avais offert les romans de Kessel dans la Pléiade. Sans imaginer que nous allions vivre *Le Tour du malheur*.

Le père du héros de Kessel, Richard Dalleau, est médecin. Je l'imagine mon frère, maintenant, en médecin pendant cette Première Guerre mondiale : « On était à l'époque de la surprise et du dénuement. Tout manquait : personnel, pansements, médecins. » Mon frère se battait comme un diable afin d'obtenir des crédits de recherche pour son laboratoire de génétique. C'était sa cause, son feu sacré. C'était un défricheur, jamais dans la répétition. Ouvrir de nouvelles pistes était son ambition. En soignant les autres, évite-t-on de penser trop à soi ?

L'écrivain est tourné vers lui mais doit s'intéresser à d'autres vies que la sienne pour écrire des romans. Le médecin voit des vies défiler devant ses yeux et ses mains. Les mots et les maux sont comme deux pôles opposés aux paysages communs. Mais pourquoi ces deux vocations se croisent-elles ? sont même en communion ?

À la Renaissance, les médecins étaient écrivains. L'ombre et la lumière ne cessent de se provoquer. J'ai toujours aimé les écrivains qui faisaient profession de médecin : Reverzy notamment, l'auteur du *Passage*, ami de faculté de Jacques Chauviré, auteur de *Partage de la soif*. Ces livres qu'on aurait pu se repasser sous un manteau bleu d'interne. J'avais tant été marqué par *Le Passage* de Reverzy. Il avait eu la Polynésie, nous avions eu mon frère et moi les *West Indies*, la mer si limpide que la mort ne peut attraper. « En Océanie, les îles semblent jaillir lentement de la mer [...] » « Le lagon est semé d'énormes madrépores gris, verts, roses, blancs et propres à en faire adorer la vie [...] À terre, un sentiment nouveau saisit : celui de la dissolution, de la malpropreté, de la corruption des êtres et des choses, de la mort. »

Nous avions avec mon frère partagé cette éternité insulaire de la Caraïbe. L'enfance est plus forte que la mort. C'est aussi tout le tableau somptueux du début du *Passage* de Reverzy : « Il traversa des mers pleines de joie profonde, d'espoir et de calme, d'autres d'incertitude et de craintes. En Polynésie, le génie de la mer survivait dans les lagons d'eau verte, isolés du large par une frêle barrière de corail. »

Peut-on oublier Tahiti ? Peut-on oublier la mer ? se demande le narrateur médecin qui va soigner son ami Palabaud, de retour d'un exil volontaire en Polynésie. Les passes dans les baies, les alizés, la coque légère des goélettes, le passage de la ligne de l'équateur et puis un jour le grand passage, celui vers la mort. Une vie qui part, est-ce comme un bateau quittant le quai et se confondant avec l'horizon ?

« À Tahiti, le départ d'un navire suscite un sentiment survivant des temps immémoriaux dont l'âme médiocre des colonisateurs n'a pu altérer la grandeur. Chacun guette avec des inquiétudes et des regrets le moment où la longue coque se détachera lentement du quai pour dériver sur le lagon puis la passe franchie, s'enfoncer dans l'horizon. »

J'avais découvert cet immense roman quand éditeur, je trafiquais dans l'exotisme. Louis Brauquier, les frères Chadourne, Levet. Toutes les occasions étaient bonnes pour faire escale à La Rhumerie martiniquaise, boulevard Saint-Germain. C'est là que rituellement, avec mon ami JL, qui avait un an de plus que mon frère, nous nous retrouvions. On situe toujours les autres par rapport aux dates des siens. JL avait passé une partie de son enfance en Polynésie. Il était le Tahitien, moi l'Antillais. Nous étions cousins de géographie. Nous avions travaillé ensemble dans les mêmes journaux. On s'était retrouvés à Buenos Aires avec le dessinateur Loustal.

Nous avions beaucoup ri sur nos expériences, que nous racontions comme des épopées loufoques. Quand les téléphones portables se développèrent, nous échangions des messages du tarmac avant le décollage. Nous avions voyagé tels des dératés, dansant des tangos endiablés avec les fuseaux horaires, mettant nos pas dans ceux des écrivains que nous aimions, enfants gâtés des ports et des aéroports : on nous payait pour voyager et raconter nos impressions.

Comme dans *Le Passage* de Reverzy, il y avait les latitudes et les lassitudes, les océans et le néant. Nous pensions que la mort ne nous rattraperait jamais sur les îles.

Il fallait bien pourtant affronter la vérité. « Un jour peut-être, écrit Reverzy, on enregistrera de la première à la dernière, les pensées de l'homme : on connaîtra alors sa véridique histoire. Bien plus que la dernière parole, l'ultime état de conscience méritera analyse et étude… La dernière pensée revêt une singulière importance ; elle est l'aboutissement, le couronnement ou la condamnation d'une vie, et par elle tout le passé dépend d'une seconde du présent. »

À quoi avait pensé mon frère lors de sa dernière minute de conscience avant qu'il ne fût sédaté et endormi ? Lui, si lucide, si clairvoyant, pouvant à peine respirer. À sa femme. Ses enfants. Sa famille. On appelle cela en termes médico-légaux « angoisse de mort ». Pressentir, savoir qu'on va mourir. Les experts médicaux ont conclu sur mon frère « angoisse de mort majeure ». Personne ne l'avait secouru. Ni la science, ni les médecins, ni la religion. Cette pensée était un supplice. Pour échapper à son obsédante présence, je me disais comme le narrateur du *Passage* au sujet de son ami Palabaud : « Mais heureux ceux qui ont connu la mer. »

Un mois avant la mort de mon frère, je reçus d'Alain Quella-Villéger, historien de la littérature, un manuscrit : *Le Paréo bleu, Gustave Viaud, frère de Pierre Loti (1836-1865).* Ce manuscrit me visita pendant plusieurs mois et remonta à la surface quelques semaines après la mort de mon frère. « S'il ne prendra jamais pour héros un chirurgien de Marine, n'écrira pas Mon frère Gustave, alors qu'il signera un *Mon frère Yves*, Pierre Loti ne cessera en vérité jamais d'écrire en tournant autour du vide laissé par ce frère absent. Peut-être même, pèlerin jamais guéri, de ce traumatisme fondamental et mettant ses pas dans les siens, tentera-t-il au final de vivre à sa place, d'être à ses côtés son double, son triple, son autre (tant chez lui les identités seront multiples), quitte à le devenir, voire à le dépasser ? »

Gustave Viaud est né à Rochefort, a servi comme chirurgien de marine à Tahiti, à Bora Bora puis en Indochine. Il y contracte une dysenterie amibienne. Affaibli, Gustave est rapatrié en France à bord de l'*Alphée*. La brise marine ne parvient à lui redonner le souffle de la vie. Il se voit mourir dans sa cabine à l'arrière du bateau. Son corps sera immergé dans l'océan Indien.

En 1997, j'avais publié comme éditeur le Journal de Loti édité par Alain Quella-Villéger, Bruno Vercier et Guy Dugas. Près de 600 pages. Le titre, *Cette éternelle nostalgie*, caractérisait bien l'œuvre et la personnalité de Loti. À défaut d'être marin comme notre père, j'étais devenu éditeur publiant des œuvres maritimes et exotiques. L'Odéon, Saint-Germain-des-Prés étaient de beaux ports d'escale mais j'aimais surtout larguer les amarres, prendre la mer de la rêverie et cingler vers les îles dont le nom immédiatement provoquait chez moi cette éternelle nostalgie rapicolante.

Ce livre de Loti comme celui réunissant les œuvres complètes du poète Louis Brauquier ou les récits des frères Chadourne étaient mes paquebots. Et je les offrais avec empressement à mon frère et à mes parents en hommage à nos années antillaises et à nos navigations sous les alizés. Ces livres, mon frère les mettait en évidence dans la bibliothèque de son salon, à Rouen. Et ils étaient comme des phares colorés et tropicaux dans la lumière normande. Un pinceau fauve.

Ce frère aîné, Gustave, « décédé à la mer » selon la formulation officielle, sera le compagnon secret de Loti, le fantôme qui le hantera. Il le poursuivit toute sa vie, alla sur ses traces à Tahiti et en Indochine. Le manque, la perte, la mélancolie, les îles… Il occupe une place prépondérante dans son petit musée d'enfance. Dans une vitrine qu'il qualifie « d'arche sainte » se trouvent des oiseaux exotiques empaillés de la Terre de Feu de Patagonie et un oiseau bleu de ciel offert par Gustave. Il les nettoie à la benzine un jour d'octobre et, en voulant voir le résultat à la lumière de sa bougie, y met le feu. Loti ressent un grand chagrin et y voit un avertissement sinistre. Partout retrouver sa trace, son ombre. Frère doublement absent, puis parti pour le grand voyage après avoir traversé la ligne.

Gustave restera un point, celui de son immersion. 6° 11' de latitude nord et 84° 48' de latitude est. Un point plus qu'une croix. La mort en immersion. C'est pourquoi je pense que l'Océan est habité par des âmes et j'ouvre toujours les yeux sous l'eau. « Gustave restera pour son Pierre Loti le frère idéalisé, statufié », écrit Alain Quella-Villéger.

Il ne faut pas se résigner à l'absence et accepter la fatalité, les morts scandaleuses. Mais au contraire réparer l'injustice de l'enlèvement.

Je ne veux pas statufier mon frère. Je ne veux pas le laisser dans un mausolée même si sa chambre est intouchable. Car tout y est pétrifié comme si je replongeais en enfance. Il est là. Je regarde sa bibliothèque anglaise ou chaque livre, chaque souvenir des Antilles me parle de notre vie commune : la hutte taillée dans une noix de coco, la branche de corail, la petite poupée représentant un berger antillais, le tam-tam, le couteau en ivoire que j'avais rapporté d'Égypte, les deux verres de rhum Bally et son presse-papiers avec un aigle qui me fait désormais l'effet d'une pierre tombale. Et ce parfum que je ressens dès que j'ouvre les portes vitrées, mélange chaud de kaolin et des odeurs de sa collection de pierres posées sur une feutrine.

Quand je revenais de l'étranger, mon frère qui aurait pu aussi être chirurgien de marine m'écoutait, emporté par l'extase et le feu de notre enfance nomade. À chaque périple l'enfant qui était en nous réapparaissait : ou plus exactement, nous ravivions notre part d'enfance, notre petite éternité.

Je finis par penser que mon frère n'était pas fait pour Rouen. C'était un marin, un Antillais. D'ailleurs, il avait participé à la création du service de génétique du CHU de Fort-de-France. Nous étions des enfants des palmiers et des hamacs. Comme chez Loti, il faut désormais regarder les lointains enchanteurs. Il ne faut pas être sédentaire, mais continuer le grand voyage.

Je suis à Obock avec Loti. Je suis à Saigon avec lui aussi puis à Tahiti. Lui avec son frère, moi avec le mien. Le voyage est l'antidote de la mort. On croit (la belle illusion) qu'on ne peut pas mourir dans le mouvement. Il y a le temps des plages et le temps des cimetières.

XX

Le médecin est un créateur d'un genre particulier. Voyez Léon Daudet, fils d'Alphonse, interne des hôpitaux, puis portraitiste redoutable, royaliste endiablé alors qu'il épousa la petite-fille de Victor Hugo, et dont le génie fut dévoyé par son antisémitisme, pétainiste et anti-germaniste farouche. Son énergie est stupéfiante. Il a livré une galerie de portraits de grands médecins qu'il côtoya pendant ses années d'études et qui lui inspirèrent un roman à charge, *Les Morticoles* : « On se représente difficilement aujourd'hui le prestige dont jouissaient la médecine et les médecins dans la société matérialiste d'il y a trente ans. Le "*bon docteur*" remplaçait le prêtre, disait-on et la haute influence morale et sociale appartenait aux maîtres des corps, aux dispensateurs des traitements et régimes. Il semblait entendu que les savants étaient des hommes à part, échappant aux passions et aux tares habituelles, toujours désintéressés, souvent héroïques, quelquefois sublimes. »

La médecine et la littérature trempaient dans le même bocal, le même alcool. Indissociables. La Salpêtrière à Paris était la continuité du boulevard Saint-Germain, où habitaient bon nombre de médecins, et de ses écrivains. Quand il fait sa visite, Charcot, ce Napoléon de la médecine, cite « un vers de Racine, de Molière, de son cher Shakespeare ou du Dante, rappelle un tableau de Hals ou de Vélasquez, et c'est un merveilleux spectacle que celui de ces concordances artistiques et médicales qui se nouent et se dénouent pittoresquement dans sa grosse tête méditative, éloquente ». Il recherche dans la littérature « la vérité psychologique et physiologique ».

Les salles de garde baignées par « une ambiance semi-blagueuse, semi-héroïque » succombaient à la vague et à la vogue de Kant, de Nietzsche ou de Wagner. Les grands médecins sont des créateurs, des découvreurs comme les écrivains. Mon frère était sensible au lyrisme, à la beauté. Mais l'hôpital était un milieu de pouvoir, comme il l'a toujours été. Nous pensions qu'il était comme la poésie une cause gratuite.

L'hôpital avait conduit mon frère dans le couloir de la mort. Les grands prêtres et les scribes allaient réécrire sa mort : « Nous allons à Jérusalem, et le fils de l'homme sera livré aux princes des prêtres et aux scribes qui le condamneront à mort. Et le livreront aux gentils, afin qu'ils le traitent avec moquerie, et qu'ils le fouettent et le crucifient. Et il ressuscitera le troisième jour. »

Jésus se présentait lui aussi comme un scribe, le gardien de l'Écriture, mais s'élevait contre leurs accommodements. Je ne prenais pas mon frère pour le Christ. Le vertige de la douleur ne me faisait pas perdre la raison. Je savais ô combien on peut s'accrocher dans ces moments-là à une pensée symbolique et magique. Mon frère était un prophète. Car la génétique est une science qui prédit l'avenir.

Nous reprîmes le chemin de l'église ma belle-sœur et moi pour préparer les funérailles, l'arc de triomphe de mon frère. Nous nous retrouvions aux messes du soir dans la belle église Saint-Maclou, autour de laquelle s'était déroulée une partie de ma jeunesse étudiante, quartier des antiquaires. Ses rues pavées me torturaient et me rappelaient les jours où nous étions ensemble avec mon frère. Et quand le prêtre de Saint-Maclou lisait les Évangiles et décrivait le chemin de la Passion du Christ et sa crucifixion, nous nous regardions avec ma belle-sœur, saisis par l'analogie. Le Christ avait été crucifié un vendredi. Mon frère avait vécu son chemin de croix un vendredi. Il avait été livré aux incompétents.

Plus tard, quand j'allais au Louvre voir et revoir *Et in Arcadia ego* de Poussin, je m'arrêtai sur deux tableaux qui me faisaient songer à lui : le premier, de Laurent de La Hyre, a pour titre *Apparition de Jésus aux trois Marie* et l'autre est *Le Ravissement de saint Paul*, de Poussin. Mon frère avait été élevé au ciel comme saint Paul porté par les trois anges, les bras grands ouverts, la gloire des cieux l'attendait. Quand on perd l'être qui nous est cher c'est vers les hauteurs que l'on se tourne, pas vers les tréfonds de la terre. *Gloria !* Le ravissement de saint Paul était empli de félicité. Mais il y avait une chose, marquante, sur le tableau : saint Paul avait laissé son épée au sol. Cette épée, mon frère nous l'a transmise pour que nous tracions le chemin de la vérité mais aussi pour le venger. Les couleurs, le jaune, le bleu, le rouge triomphent dans le tableau. Le peintre Charles Le Brun a dit en commentant ce tableau d'une composition si équilibrée : « Le premier ange qui est vêtu de jaune représente l'effet de cette grâce que les théologiens appellent prévenante et efficace, qui tira saint Paul du péché pour en faire le flambeau de l'église de Jésus-Christ. Son étole montre la puissance de cette grâce, son autorité. Par la couleur jaune, le peintre a représenté la lumière et la pureté de la grâce. »

Une nouvelle fois, je me cognais contre ces tableaux. À travers eux, j'essayais de parler avec mon frère, de comprendre l'invisible, de saisir l'au-delà. Je vivais un peu dans le royaume des morts. Et il fallait en déchiffrer le langage. Je cherchais aussi parallèlement la vérité sur la mort de mon frère. Nous la connaissions, voulions désormais les preuves, la reconnaissance de cette tragédie. La mort, bien que naturelle, est inacceptable quand on y réfléchit, à moins d'espérer la vie éternelle. Mais les circonstances de la mort de mon frère étaient scandaleuses. Et si sa vie avait glissé en moi, nous devions aussi porter l'épée. Ne pas accepter la fatalité car sinon c'était accepter les ténèbres contre la lumière. Selon les proverbes de la Bible, parmi les choses que déteste l'Éternel il y a le mensonge, les yeux qui regardent les autres de haut, la langue qui répand les mensonges, les mains qui font couler le sang des innocents. Pourquoi la bonté avait-elle été foudroyée ? Mon frère était un des saints de la médecine. Et dans le portrait que faisait

Chateaubriand du Christ, je le reconnaissais : « Son caractère était aimable, ouvert et tendre ; sa charité sans bornes. L'apôtre nous en donne une idée en deux mots : il allait en faisant le bien. »

La vérité est une renaissance. Le mensonge, le chemin des ténèbres. La vérité est l'expression du courage. Mon frère n'était pas encore sous terre que je voyais une pierre pareille au rocher de Sisyphe rouler sur lui. Un bloc de béton recouvrant la vérité sur les circonstances de sa mort. Il nous avait tant donné, tant élevés que nous devions le rétablir.

Désormais avec ma belle-sœur, ma filleule, mon neveu, bien qu'amputés nous tentions de relever cette mêlée qui essayait d'écraser cette flamme de la vérité. Accepter l'injustice, donc la violence, est un crime. Je savais que nous partions pour un long combat. La douleur, mon lien fraternel me faisaient pressentir que jamais cette vérité qui est un trait clair, net, mais aussi un éclair ne sortirait de la bouche de l'hôpital qui se transformait en parti politique. Beaucoup nous faisaient comprendre que cela ne servait à rien de mener ce combat : il ne ferait pas revenir mon frère. Il valait mieux que je pense à la vie, à rire. Surtout ne pas ressasser. Ne pas céder à la mélancolie. J'avais l'impression d'avoir des publicitaires devant moi tentant de me convaincre que la consommation me sauverait.

Ne comptez pas sur moi pour expédier les affaires courantes comme si de rien n'était. C'est ma mission. Mon frère était un missionnaire de la science dévoué comme un moine humble à sa recherche. Que savais-je de son travail, de l'organisation de ses journées ? Il était de tous les colloques de génétique, avait des journées de consultation. Son laboratoire qui se trouvait devant la faculté de médecine, comme la figure de proue d'un bateau, était une salle des machines avec des techniciennes, des séquenceurs d'ADN, des pipettes, des paillasses.

Quelque temps après sa mort, ma filleule et moi étions allés voir son équipe. Une de ses collaboratrices s'était mise à pleurer en nous voyant car mes expressions lui rappelaient Thierry. Il était partout. Son bureau était intact. Ce fut un moment atrocement douloureux. Et quand ma filleule projeta à son équipe le montage photographique qu'elle avait réalisé pour son soixantième anniversaire, « pour vous montrer que le professeur Frébourg aimait aussi danser », je ne pus regarder une seule image tant l'émotion m'étreignait. J'étais devenu un peu le père de ma filleule et elle était devenue ma fille.

Parfois je me sentais transporté vers le ciel, pris par les anges qui me hissaient, enlevaient la dalle de béton qui pesait sur moi pour me porter vers mon frère. Il m'avait tant porté que c'était à mon tour de le prendre sur mon épaule. Lui l'aîné, le *primus inter pares*, il m'avait toujours mis en avant pour que je ne sois pas dans la fragilité du cadet. Lui qui insufflait l'énergie vitale, le feu à ses étudiants, à ses équipes, qui n'appartenait à aucun clan, à aucune communauté de notables, qui était un cœur pur, désintéressé, je me devais de le restaurer. Lui rendre justice. Il nous avait été enlevé. Il m'était impossible de vivre sans réparer la vérité. Mentir sur les circonstances de sa mort c'était le salir, l'enfouir, alors qu'il était un être de la vérité. Le géant avait été tué par des Lilliputiens.

J'en voulais à Rouen. Cette ville ou j'avais aimé, étudié, étouffé aussi était devenue la vallée de la mort où avait péri mon frère. Sur la route, entre mon village de bord de mer et Rouen, la capitale fatale, je ne pensais plus qu'à lui. Chaque fois que j'amorçais la longue descente de Canteleu, je cédais à un vertige, comme si je tombais d'un avion, car toutes les images de mon frère se précipitaient. Je voyais les cercles de l'enfer apparaître devant moi.

Comme Flaubert avait fait de la Normandie le théâtre universel du bovarysme, mon frère avait porté la génétique rouennaise au-delà de l'Atlantique, renouant ainsi avec la tradition normande des marins et grands découvreurs des Amériques comme Cavelier de La Salle. Il avait été pilotin dans sa jeunesse, le temps d'une traversée d'été, à bord de l'A*tlantic-Cognac* qui ralliait Le Havre-New York. La communauté génétique mondiale connaissait sa contribution majeure à la recherche. Les messages de condoléances tombaient des Amériques : « *We are sad to learn the death of professor Thierry Frébourg. He was a brillant researcher and professor who dedicated his work to studying the TP53 gene and providing better care for people with Li-Fraumeni syndrome. He will be very missed in the LFS community.* »

La communauté européenne d'oncogénétique le saluait comme « un des acteurs majeurs dans les champs de la prédisposition génétique au cancer ».

« *We have lost a friend, a great doctor, a great scientist, an exceptional man.* » À chaque message-océan, son extraordinaire humanité était mise en avant. Lui qui ne recherchait jamais les honneurs, les distinctions officielles. Un grand médecin ne peut pas ne pas avoir un cœur plus grand que les autres. Il faut déborder d'amour. Mon frère était un cœur simple et si généreux. Et nous voyions à l'œuvre la médiocrité rouennaise le broyer. Noëlle, ma belle-sœur, dira : « J'ai reçu plus de messages de condoléances des États-Unis que de mes collègues de l'hôpital. »

J'avais l'impression que de petits hommes du XIXe siècle étouffaient la figure de proue, en avance sur son temps. Les antiquaires de la médecine écrasaient le visionnaire. Il était un homme nietzschéen, de l'éclair, de la fougue. La connaissance scientifique était le moyen d'atteindre la vérité. Le feu en lui était ensuite canalisé par la rigueur du raisonnement. Selon le mathématicien Raymond Poincaré, « la morale et la science ont leurs domaines propres qui se touchent mais ne se pénètrent pas. L'une nous montre à quel but nous devons viser, l'autre, le but étant donné, nous fait connaître les moyens de l'atteindre. Elles ne peuvent donc jamais se contrarier puisqu'elles ne peuvent se rencontrer. Il ne peut y avoir de science immorale, pas plus qu'il ne peut y avoir de morale scientifique. »

Mon frère faisait mentir ce constat d'évidence. Il avait une morale, une éthique si forte qui le guidaient dans sa recherche de la vérité scientifique : soigner ce qui semblait insoignable. Les maladies cataclysmiques qui fauchent les êtres en pleine sève de la vie. Quand je pense à sa dévotion, à son engagement pour l'hôpital public, selon lui un ordre mendiant tourné vers celui qui n'a rien, et que l'hôpital public l'a conduit à la mort et a chloroformé la vérité, je me dis qu'il n'y a pas pire crime qu'on pouvait commettre contre la figure éclairante de mon frère. J'avais connu le paradis avec lui et mes parents. Ils nous avaient donné confiance en la vie, l'amour de la vie et l'amour à quatre. Nous n'aurions pas eu sinon ce besoin de nous retrouver sans cesse, avenue du Château, autour de son soleil intérieur. Nous avions connu le paradis et l'hôpital nous avait plongés d'un coup dans la nuit infinie. Tout ce que nous vivions, nos amours, nos enfants, nos voyages, nos chagrins, nous l'avions déposé au pied de l'autel familial.

Il fallut se résoudre à ce jour que nous redoutions tant : les funérailles. Le jour des adieux. Le jour de la grand-messe. Les préparatifs d'un enterrement sont si accaparants qu'ils empêchent les endeuillés de s'effondrer : ils sont obligés d'agir. Et la prière est aussi une forme d'action. Je n'avais qu'une obsession : protéger mes parents de la lame de chagrin. Faire corps physiquement pour qu'ils ne partent pas dans le tombeau. En quelques jours, nous étions devenus très proches de l'ordonnatrice des pompes funèbres, une femme qui avait été frappée elle aussi par le *fatum* et apporta de la délicatesse aux gestes des croque-morts et au terrible ballet.

Parmi les proches, certains s'occupèrent des chants, d'autres du choix des textes, des musiques, de l'impression du livret de messe. Un jeune et grand organiste, Jean-Baptiste Monnot, fit résonner la voûte de Saint-Maclou. Ma filleule fut la première à prendre la parole : « Si je devais te résumer en cinq mots cela serait : dignité, tolérance, respect, générosité et gaieté. » « Partout dans le monde, on te pleure papa. L'héritage que tu nous laisses, perdurera. L'humanité perd un homme merveilleux, un homme bien et bon, et moi, je perds l'être que j'aime le plus au monde. »

Je revois quand je pris la parole le soleil exploser dans la nef et les portes ouvertes du grand porche. Nous y tenions, toute notre famille, à cette lecture pour l'oraison du Livre de la Sagesse sur la mort prématurée du juste et la longue vie des impies : « Ils verront donc la mort du sage, sans comprendre ce qu'a voulu pour lui le seigneur et pourquoi il l'a mis en sûreté. » Le quatuor Modigliani joua le quatuor op 76 n° 2 de Haydn et l'*andante cantabile* du quatuor K 465 de Mozart. Mais nous nous n'étions plus quatre. La famille originelle avait été fauchée. Je regardais mes parents qui se tenaient à ma droite, mes trois fils derrière nous, ma belle-sœur, ma filleule, mon neveu, à notre gauche.

Je conserve toujours envers moi le livret de messe où l'on voit mon frère prendre la parole à un colloque de génétique, ou tout sourire dans sa maison de Quiberon, et la dernière photo de lui marchant sur la plage du Goviro en février. Il aura vu la mer pour l'ultime fois en hiver.

L'amour fraternel dans la Bible c'est l'amour du prochain : « aimez-vous les uns, les autres », l'injonction du Christ portée par saint Jean. Sommes-nous frères vraiment au moment de cette communion autour de Thierry ? Combien d'hypocrites, de philistins présents ? Nous avons tenu à ce que cette messe fût celle de la paix. Dans l'église, le transept à droite était réservé au service de génétique. Les autres médecins ou représentants du CHU étaient dispersés dans la nef. Il y aurait ceux qui nous salueraient lors de la bénédiction du corps et ceux qui ne nous adresseraient pas un regard car ils avaient saisi dans les mots de ma filleule et les miens ce que nous pensions d'eux, ces bons faux-culs. Nous étions encore tous masqués à cause de l'épidémie de Covid. Le mensonge aussi est une peste. Il y avait tant de couronnes de fleurs. Et sur le parvis, quand le cercueil fut applaudi comme pour les artistes, tout me parut flottant, tous ces visages familiers mobiles semblaient superposés aux immeubles à colombages, gardiens rigides et imperturbables de l'église Saint-Maclou. Pendant toute cette période, j'arpenterais beaucoup les rues pavées alentour et ils seraient comme des cailloux mémoriels qui me renverraient dans le temps d'avant. « Ah ! que c'est une chose bonne et agréable que les frères soient unis ensemble ! » (Psaume CXXXII de David.)

XXI

Je regarde les fratries qui se disputent comme une incongruité. La fratrie, je n'ai compris vraiment le sens de ce mot que lors de mon divorce. « Ne pas séparer la fratrie », écrivait mon avocate dans ses conclusions. S'il n'y eut jamais de rivalité, d'indifférence entre nous, de haine comme dans *Pierre et Jean* de Maupassant, c'est sans doute grâce à nos parents qui nous donnèrent la même part d'amour. Pourquoi aurions-nous eu tant d'empressement sinon à nous retrouver lors des déjeuners de famille ? Les déjeuners c'étaient nous quatre, nos compagnes, nos enfants. Et chaque fois un embarquement, une navigation tropicale, chaloupée.

Mes amis de jeunesse qui venaient déjeuner ou dîner à la maison ne cessaient de louer la générosité, la bonne humeur de mes parents qui ne se plaignaient jamais. Ils avaient l'impression de monter à bord d'un paquebot. Sans mon frère, le paquebot ressemblait à un navire fantôme. Les coursives étaient vides et il était partout. Quand j'arrivais en retard au déjeuner familial il était dans l'embrasure de la porte, avec cette mimique du visage légèrement sur le côté que nous avait inspirée notre cousin Alain, normalien, et que j'avais retrouvée chez l'écrivain Frédéric Berthet, ancien de la rue d'ULM, exprimant une surprise joyeuse, l'étonnement. Il existe des mots et des expressions de passe que nous partageons seulement avec nos plus intimes. Il était là, dans le bureau de mon père, sur le piano, avec sa femme sur une plage, avec ses enfants, avec moi pour un anniversaire. D'autres couches apparaissaient plus anciennes, quand il était lycéen et moi collégien. L'escalier en bois clair, notre salle de bains avec son papier peint orangé, très années 80. Les années avaient dévalé le temps comme nous dévalions trois à trois les marches des escaliers.

Combien de lieux sont-ils essentiels à une famille? Normandie, Antilles, Bretagne, Vietnam avaient défini un royaume magique. Désormais, il y avait le terrain de la mort, le désert des Tartares et je voyais le couloir en marbre noir et blanc de notre maison comme le dédale qui y menait. On se croit propriétaire de nos vies, nous n'en sommes que des locataires.

Les Locataires de l'été de Charles Simmons est un roman qui m'avait étreint par son écriture serrée et profonde. J'y pensais chaque fois que j'allais me baigner l'été à Sainte-Marguerite avec l'un de mes fils: «C'est pendant l'été soixante-huit que je tombai amoureux et que mon père se noya.» Je pourrais écrire: «C'est pendant l'hiver vingt et un, quelques jours avant le printemps, que l'on noya mon frère.»

C'était un homme de l'été. Je le revois pédaler sur la bicyclette de ma mère à Quiberon. La presqu'île était devenue le jardin d'Éden de sa famille. Il avait même envoyé à Saigon aux nourrices vietnamiennes des enfants une photo d'eux sur la plage du Castéro. Là aussi il recevait avec Noëlle des bordées d'amis qu'il emmenait naviguer aux quatre vents.

Je le revois en bermuda, avec ses chaussures bateau, avec sa combinaison dans son kayak de haute mer, avec ses tongues. Oui, des tongues. C'est ridicule ! Je n'en portais plus adulte même pour aller à la plage. J'en avais acheté une fois en Australie, à Darwin, tant la chaleur était humide. Mais le deuxième été après sa mort, je récupérai à Quiberon les siennes pour aller à la plage. Et une fois, la double lanière sortit de son trou de fixation et agit sur moi comme un décapsuleur de mémoire : elles étaient les chaussures du quotidien que nous portions aux Antilles. Et chaque jour, en courant, la lanière sortait de son trou. Cette simple lanière m'avait renvoyé dans le monde d'avant, des Antilles, quand nous vivions en short et tee-shirt à l'effigie du paquebot *France*, lui un bleu, moi un rouge.

Lui l'homme solaire aimait le soleil même s'il en connaissait comme médecin les conséquences sur la peau. Il pouvait rester allongé des heures sur une plage, à se faire bronzer. Ce chef de guerre contre le cancer aimait le farniente et se montrait capable de rompre les amarres du travail pendant ses vacances. Plus que l'oisiveté et le bain de soleil, l'absurde avait triomphé. L'absurde ! La vie avait irrigué une telle intelligence en lui. Des parents l'avaient soigné, élevé. Des maîtres l'avaient éduqué. Mon frère était un homme à protéger car il servait les autres, leur sauvait la vie, accomplissait des miracles. Comme tout médecin, bien sûr ! Mais le visionnaire qu'il était en faisait un homme d'exception. Et sa mort par négligence une victime. Mon frère avait été victime de l'époque. De quoi meurt-on, sinon des maux de l'époque ? Mon frère si compétent était mort de l'incompétence.

XXII

Contrairement aux damnés de Dante, la bonté orne l'âme de mon frère, lui qui n'était pas un mièvre. Le feu était en lui au nom de la guérison des autres. La mort est notre vérité commune. Le voile se déchire. Mais mon frère était dans la vérité de sa vie, la vie vraie, la vie neuve, la *vita nova*. Toujours de l'avant, calme et fougueux en même temps. « Mais la douce lumière ne frappe plus ses yeux », comme l'écrit Dante dans son voyage aux Enfers. Connaissant mon frère, si bon, il aurait trouvé des circonstances atténuantes à ceux qui avaient commis la faute. « Ils ont tué mon fils ! », tel avait été le cri de douleur de mon père.

La mort est impensable. C'est pourquoi les religions ont été conçues pour éviter que l'homme ne se confrontât à l'absurde de sa propre fin. Soutenir mes parents auprès du caveau de leur fils fut l'une des plus grandes tortures que la vie m'infligea. Accepter l'accident, le *fatum*, c'est renoncer à la vie. Reprenant mon volume de la Pléiade sur la tragédie grecque, qui avec *La Bible* et *La Divine comédie* sont les livres qui m'éclairent dans le dédale de ma nuit, je tombe sur cette explication du préfacier, Raphaël Dreyfus, qui me sidère : « Il n'est pas sans signification que dans toute tragédie grecque la fatalité porte le même nom que l'erreur (até). » Et d'ajouter en note : « La prétendue fatalité antique dont on a tant parlé est, au moins sous la forme où on la présente, si étrangère à l'esprit grec et notamment à celui de la tragédie, qu'on a dû recourir pour la nommer à un mot latin germanisé (fatum). »

Fatum était presque l'anagramme de faute. Car c'était une faute, pas une erreur. Faute qui vient de faillir. Mais aussi du participe passé de *fallere*, tromper. Faillir et tromper, voilà les deux maux qui avaient doublement emporté mon frère. Et la vie ne pouvait pas être juste et belle tant que l'ordre des choses ne serait rétabli. On ne peut accepter la faillite, la médiocrité. Mon frère était grec ! Dans le combat permanent, la force, jamais la plainte, l'atermoiement ou le gémissement. Il était le vivant parmi les vivants. Il était le vivant parmi les morts dont il s'occupait encore sans relâche. Je connaissais sa force. Je me devais désormais de porter sa gloire. Il n'était jamais dans la menace ni l'insulte. Il avait traversé les ténèbres, cela j'en étais certain, pour être dans les couleurs du royaume.

« Vous qui parmi le peuple êtes des insensés, entrez dans l'intelligence de la vérité ; vous qui êtes fous, commencez enfin à devenir sages. » Thierry incarnait l'intelligence de la vérité. Et nous devions faire éclater la vérité sur son chemin de croix pour rendre le monde moins stupide, moins noir. Nous n'étions pas détenteurs de la vérité. Seul Dieu peut y prétendre, mais nous connaissions parfaitement la mécanique effroyable qui avait entraîné la mort de mon frère. Il n'empêche : il avait été livré aux mains des pécheurs et crucifié. Par sa famille d'esprit, les soignants.

J'ai à côté de moi deux livres dont les titres me semblent correspondre à ce que nous vivons, me narguent presque : *Le Cul de Judas* et *Traversée des ombres*. Et mon œil tombe presque par hasard sur *Hiver caraïbe* de Morand. Vers quel côté se tourner ? Le soleil, bien sûr ! Notre Caraïbe commune. S'il y en avait un qui savait la fragilité de la vie, l'injustice de la maladie, la nécessité d'exalter l'instant présent c'était bien lui.

La Covid avait répandu la mort directement ou indirectement. La période avait été drapée de noir. En septembre 2020, je me trouvais en Haute-Corse quand j'appris la mort de Denis Tillinac, qui avait été une sorte de grand frère ou de père trop enfantin. Et en octobre, cette fois en Corse du Sud, j'appris la mort de Manuel Burrus, victime du virus chinois. Lui qui vivait dans un appartement propriété d'un Chinois voulant l'expulser pour le récupérer. Et en avril 2020, Christophe, le chanteur culte que nous admirions tant, l'auteur des *Marionnettes*, des *Paradis perdus*, de *La Dolce Vita* était mort lui aussi de la Covid, à Brest où il avait été transféré. Denis avait succombé à Vosne-Romanée, dans les bras de sa femme, Monique. Christophe et Manuel dans un service de réanimation comme mon frère. Les services de réanimation étaient devenus les avant-scènes de la tragédie contemporaine. Les réanimateurs n'avaient pas réussi à sauver Thierry. Denis et Manuel appréciaient beaucoup mon frère. Chaque fois que je les voyais, ils me demandaient de ses nouvelles. Je les sentais admiratifs de ses capacités intellectuelles, de son art médical mais surtout aussi de sa gentillesse solaire.

J'avais vu Denis et Manuel vieillir mais garder leur esprit d'enfants. Denis aimait se faire passer pour un plouc corrézien (il était au fait de tous les arcanes parisiens). Manuel passait pour un snob mais je lui faisais un plat de linguine dans ma cuisine et pour lui seuls comptaient l'amitié et les éclats de rire afin de chasser la mélancolie qui ourdissait sous ses paupières. Leur soif de vie avait disparu de la planète et j'y voyais l'étrange défaite du monde que nous avions aimé. Manuel avait écrit une biographie de Morand. Denis se moquait du côté prince de Galles de l'auteur de *Rien que la terre*, ne supportait pas son vichysme de pleutre mais reconnaissait le génie du style. Et j'avais fait lire à mon frère le Morand voyageur quand j'avais une vingtaine d'années. Il y avait du soleil, du mouvement, de la vitesse, des latitudes dans un shaker : tout ce dont j'avais besoin pour ne pas m'enfoncer.

Mais rien n'est d'aucun recours, rien d'aucun secours dans la tragédie hormis l'amour des vivants, des nôtres pour lesquels nous devons nous battre pour tenir droit. J'avais perdu mon frère, mon unique. Ma famille était amputée, décimée car il valait dix hommes, dix cœurs. Et en même temps, ma famille s'agrandissait car je devais prendre un soin attentif de ma belle-sœur, de ma filleule, de mon neveu à qui on avait enlevé leur grand amour.

Que comprend-on de l'autre ? Que ressent-on de l'autre ? Nous ne sommes en communion qu'avec ceux qui ont vécu la même tragédie que nous. Quand il n'y a plus rien, il n'existe plus que le dialogue avec les anges, l'invisible, la poésie. Et aussi les oiseaux. Nous vivions l'apocalypse et donc en même temps la révélation, le dévoilement. Je m'accrochais à l'Apocalypse de saint Jean, aux nuées, aux anges : « Alors que je me retournais pour voir la voix qui me parlait ; et quand je me retournais je vis 7 chandeliers d'or. » « Je vis un autre ange puissant, qui descendait du ciel, enveloppé d'une nuée ; au-dessus de sa tête était l'arc-en-ciel, et son visage était comme le soleil, et ses pieds comme des colonnes de feu. »

Je ne pouvais poser ma main sur la poignée dorée d'une des portes de la maison de mes parents sans me souvenir de l'âge d'or et du mythe que fut notre vie familiale. J'embellissais, je jetais de la poudre d'or ? Sans doute ! Mais je mesurais notre chance quand tout est désormais dans notre société éclatement, déboulonnage, éparpillement façon puzzle. Je revoyais une scène, avec lui. Avec nos parents. Je poussais une porte, il était là, partout. Même quand je descendais à la cave, je revoyais tout de lui. Pas un endroit où ne se nichait un souvenir avec mon frère. Le laboratoire photo qu'il avait installé dans la cave à vin où il apparaît dans sa blouse blanche. Nos planches à voile n'étaient plus suspendues dans le garage au-dessus des voitures mais je le revois tout heureux faire glisser la sienne, une Jet, des arceaux en caoutchouc. Je vois l'établi où nous empruntions les outils de mon père que son propre père lui avait légués. J'appuie sur l'interrupteur qui doit dater de la construction de la maison et j'actionne lumière/nuit. Le froid et les ténèbres me font penser à son caveau. Il y a encore sur la porte en bois son jeu de fléchettes bleu : la cible d'un beau bleu nuit avec les cercles et les points correspondants. En le regardant, je pense une fléchette pour chacun de ceux qui ont participé à l'enchaînement de sa mort.

Avec le temps, tout le monde allait penser à autre chose mais pas nous, sa famille. Chaque jour, il y avait des hommes et femmes qui demandaient justice au nom de l'un des leurs. Ils se battaient contre une institution, contre la justice, contre la police ou contre une entreprise. La plupart des tragédies dont nous entendons parler sont pour nous des faits divers. On peut les suivre comme une saga : nous nous transformons en médecins légistes du quotidien. Nous voyons les victimes, n'entendons pas les pleurs des chœurs, des familles.

Comme nous ne voulons pas être concernés par la mort. Comme nous pensons que nous y sommes étrangers puisque là, dans une église, nous la regardons tel un spectacle qui nous rend un peu moins stupides, nous fait entrevoir une supériorité. Le vivant se sent toujours supérieur aux morts, comme un épargnant plus riche qu'un autre : j'ai gagné un supplément de vie sur toi qui es allongé dans la boîte, les pieds devant. Moi, je suis debout, dans la comédie des vivants et le rituel rendant hommage aux morts. On se frotte les mains dans l'assistance, du moins ceux qui ne sont pas trop proches. L'épargnant est épargné.

« D'ailleurs c'est toujours les autres qui meurent », a écrit

Marcel Duchamp sur sa tombe. La lucidité sur l'absurde ne nous empêche pas de mourir. Sans doute avons-nous voulu tuer les dieux. C'est-à-dire éviter la confrontation avec la tragédie. Elle nous rattrape toujours. La tragédie grecque a malheureusement raison. Le déchirement est au bout du chemin. Mais il est des morts qui signent une époque, qui disent son délitement, sa déshumanisation. Les hommes décrochent parfois et le chaos triomphe.

De la tragédie grecque à la Bible, j'essayais de trouver une réponse. Je m'électrisais avec Électre :

Ah ! je le sais, je ne sais que trop
ce flot déchaîné, débondé
de douleurs affreuses, terribles, sans nombre.
Où aurais-tu trouvé un remède à mes peines quand rien ne saurait les guérir.

Je ne trouvais pas de réponse mais au moins un écho et un ordre au chaos. La tragédie rend intelligible la fureur du monde. Elle ordonne le monde.

Insensé celui qui oublie
un père mort misérablement !

La mort de mon frère faisait mentir la phrase de Malraux : « La mort transforme la vie en destin. » Malraux pensait au coup de feu, à la mort héroïque, à ces francs-tireurs et partisans qui ont jalonné les guerres de libération au XXe siècle.

Noëlle, ma belle-sœur, était Électre. Ma filleule était Électre. Mon neveu aussi. Électre était notre porte-voix :

Elles ont pris ma vie
Par trahison et m'ont perdue. Puisse le grand Dieu de l'Olympe
leur faire souffrir pareille souffrance.

Sur notre Olympe, mon frère était l'un de nos dieux. L'Olympe avait été renversé et nous étions désormais dans *Le Désert des Tartares*. Ce livre de Buzzati l'avait tant marqué, et je l'avais lu à mon tour à l'adolescence. Chaque fois que j'allais voir mon frère dans son cercueil puis sous son lit de fleurs, je lui jurais que je le vengerais. À quoi servirait la vengeance, une inclination à laquelle était étranger mon frère ? « Ne m'enseigne pas à trahir les miens », dit Électre à sa sœur Chrysothémis. Et d'ajouter : « Je tomberai, s'il faut, en vengeant mon père. »

Je ne pense pas que Victor Hugo ait voulu venger Léopoldine, son enfant chérie, emportée par la vague scélérate du mascaret sur la Seine. Certes, il n'avait eu guère de faveur au mariage de Léopoldine avec Charles Vacquerie, excellent nageur qui tenta par tous les moyens de sauver sa femme. Si elle ne l'avait pas épousé, elle n'aurait pas péri dans les flots, cette beauté brune qui renversait le front des hommes et des poètes. Pourquoi avait-elle insisté pour embarquer à bord du canot, surtout pour une visite chez le notaire de Caudebec ? S'en est-il pris au destin, le grand Victor ? « Ô mon Dieu, que vous ai-je fait ? » écrivit-il à plusieurs reprises. Pourquoi cette culpabilité nous saisit-elle quand la tragédie nous frappe ? Phrase sublime qu'il lâche comme un torrent de larmes :

Je suis, lorsque je pense, un poète, un esprit,
Mais, sitôt que je souffre, hélas ! je suis un homme.

Hugo, selon son biographe Jean-Marc Hovasse, se mit à redouter les vendredis : « Alors que sa fille était morte un lundi, enterrée un mercredi et qu'il l'avait appris un samedi, sa hantise du vendredi, qui traversera dorénavant toute son existence… »

Après, la vie ne reprend pas son cours mais en emprunte un autre. Le cours d'eau charrie désormais des pierres plus lourdes. À l'heure du cimetière, du caveau, de la mise en terre – heure lugubre de l'écroulement – j'avais lu un poème de Baudelaire et un autre de Victor Hugo. Et Hugo resterait ensuite mon compagnon de cimetière. Celui qui m'aidait à lever les yeux au ciel devant la tombe pour ne pas tomber. Il m'avait déjà soutenu quand nous avions perdu ma femme et moi un enfant à la naissance. Je savais que sa force, son énergie traçaient la voie divine à suivre. « Hélas ! c'est par les deuils que nous nous enchaînons. » *Pauca meæ* et *Au bord de l'infini* étaient deux piliers auxquels je m'accrochais.

Je prenais mon volume des œuvres poétiques de Hugo dans la Pléiade et allais lire à mon frère sous son lit de fleurs des vers pour le divertir et parler avec lui. « À l'instant où l'on dit : vivons ! tout se déchire. Les pleurs subitement descendent sur le rire. » Je lui lisais *Au fils d'un poëte* :

Enfant, laisse aux mers inquiètes
Le naufragé, tribun ou roi ;
Laisse s'en aller les poëtes ! La poésie est près de toi.

Hugo avait vu la grande faucheuse et vivait avec sa moisson de morts. Il était à la fois dans les ténèbres et dans l'espérance, la prière et la gaieté. Je communiais avec lui. Je guettais un rayon du soleil au-dessus de la tombe de mon frère. En face, il y avait des arbres.

Je rêvais dans un grand cimetière désert...
Autour de moi, nombreux,
Gais, sans avoir souci de mon front ténébreux,
Dans ce champ, lit fatal de la sieste dernière,
Des moineaux francs faisaient l'école buissonnière,
c'était l'éternité qui taquine l'instant.

Aux alentours de Pâques, j'avais oublié mon volume dans l'herbe, non loin de la tombe. Ma belle-sœur et ma filleule l'avaient retrouvé un peu plus loin, il avait bougé dans la nuit, été dévoré au sens littéral mais les pages étaient intactes, et la couverture verte en cuir à liseré d'or était sérieusement entamée. On en avait ri en pensant que c'était mon frère qui l'avait lu dans la nuit. Comme on lui laissait de temps en temps dans la nuit un verre griffé au rhum Bally ou Trois rivières, rempli de punch. Et on aimait le retrouver plusieurs jours après à sec par l'opération du Saint-Esprit.

J'avais toujours aimé les cimetières. J'avais toujours aimé la conversation avec les morts. *Présence des morts* d'Emmanuel Berl était un livre qui m'avait immédiatement attiré. Chaque mort, chaque tragédie que nous traversons nous fait courber le dos et nous replier sur nous-mêmes. Nous nous isolons avec nos morts si fragiles, les tenons dans nos bras : ils deviennent des silhouettes noires comme Antigone ou des silhouettes de Giacometti. « Impies, dès que nous les négligeons, suspects dès que nous les honorons », écrit Berl.

Je m'appuyais sur l'épaule de Victor Hugo pour ne pas pleurer sur le ciment ou le marbre froid. Il était l'ami, le prêtre, le père qui consolait l'enfant que nous restions. Il avait tous ces visages au bord de la tombe mais il avait eu le souffle de ranimer ses défunts, lui qui contemplait l'allégorie de la mort sur les vitraux de la cathédrale d'Auch au moment où sa fille faisait naufrage. Il s'enferma dans ses reliques, nous dit Jean-Marc Hovasse. Nous trouvons avec nos morts le culte que nous pouvons. J'ai longuement gardé les fleurs séchées de la tombe de mon frère. Le cimetière est une grande ville du XIXe siècle. Tous les monuments, stèles, caveaux nous rappellent l'ordre bourgeois urbain. « Se résigner, se consoler, mots de sens. J'aime mieux souffrir et ne pas oublier… La vie est pour nous muette et déserte désormais », écrivait-il à l'un de ses correspondants. Et dans *Les Travailleurs de la mer*, il tonne : « Le désespoir c'est presque la destitution de l'âme. Les très grands esprits seuls résistent. »

Mais là devant la tombe de Thierry, je m'inclinais, lui parlais, j'aurais tant voulu le réchauffer. L'injustice qu'il avait subie grandissait comme une ombre. Il n'avait jamais commis aucune faute, succombé à quelque hubris. Il n'avait jamais voulu défier les dieux car chaque jour confronté à la mort, à l'injustice ontologique de la nature. Pouvais-je décemment vivre sans réparer cette mort qui avait crevé les yeux de sa femme, de ses enfants, de mes parents qui avaient tout donné pour nous ? J'allais à Rouen désormais pour me rendre au cimetière, empruntais cette interminable côte du Monumental que mon père avait montée à pied enfant, accompagnant le corbillard de son arrière-grand-père tracté par un cheval.

Nous avions un nouvel ami, le gardien du cimetière. Un Picard d'origine, d'une quarantaine d'années, au crâne lisse, amoureux de chiens massifs, qui avait recueilli un chiot, un american staff, ayant une malformation au dos (la mère avait voulu le dévorer car elle manquait de lait). Il était en froid avec ses chefs et son administration. Mais les riches, les puissants étaient à nu devant le caveau. Les larmes faisaient jaillir la vérité des cœurs. Les mensonges, les vanités s'arrêtaient net devant la fosse. Vivre avec les morts et à côté des familles dans le chagrin lui donnait une connaissance sensible de l'âme humaine. Notre famille et lui avions sympathisé. C'est lui qui avait proposé à ma belle-sœur cet emplacement avec vue sur Rouen (cette vue qui embrassait toute la ville signifiait désormais à mes yeux le désastre), qui avait le mérite d'être à l'entrée du cimetière à droite.

Quand je relevais la tête c'est surtout un arbre immense que je voyais, un pin, qui donnait au cimetière l'allure d'un paysage toscan. Mon frère, cet arbre immense. Et c'est vers sa frondaison que je le voyais.

On vit, on parle, on a le ciel et les nuages
Sur la tête ; on se plaît aux livres des vieux sages ; On lit Virgile et Dante ; on va joyeusement
en voiture publique à quelque endroit charmant, En riant aux éclats de l'auberge et du gîte ; Le regard d'une femme en passant vous agite. On aime, on est aimé, bonheur qui manque aux rois !

Je voudrais presque citer ce poème sublime de Victor Hugo dans sa totalité :

On est flot dans la tempête ;
Tout vient et passe ; on est en deuil, on est en fête ;
On arrive, on recule, on lutte avec effort...
Puis le vaste et profond silence de la mort.

Ce poème daté du 11 juillet 1846, avec la mention « En revenant du cimetière ». Ce n'était pas sur la tombe de Léopoldine qu'il s'était recueilli mais sur celle de Claire, fille de Juliette Drouet, dont le cercueil avait été transféré selon ses dernières volontés du cimetière d'Auteuil à celui de Saint-Mandé. La vie nous sépare et la mort souvent nous disperse. Hugo est au Panthéon, sa femme, ses filles Adèle et Léopoldine à Villequier, ses parents au Père-Lachaise.

Il vit mourir trois de ses cinq enfants. Rien ne l'épargna mais il résista, métamorphosa le chagrin.

Le gardien du cimetière permet que nous y restions après la fermeture. Il tire la grille, verrouille et nous pouvons sortir par une petite porte enchâssée dans un mur latéral. Rester au cimetière, voici notre vœu pour converser avec mon frère. M'incliner, prendre conscience de l'inconcevable, relever la tête et marcher cependant. Je sais bien qu'avec le temps on abandonne nos morts. Que les tombes ne sont plus entretenues. Que les morts pleurent d'être abandonnés. On n'entend pas leurs sanglots car les cercueils ont été boulonnés, descendus au fond d'une cuve de ciment.

On faisait le tour des tombes alentour : une vieille fille rouennaise et sa sœur qui, elle, avait été mariée. On prenait soin aussi des voisins pour l'éternité de mon frère. Avec ma filleule, on regardait l'âge des morts. Il y avait des morts illégitimes, des jeunes de vingt ans fauchés par un accident. Un fils, sa mère morts presque en même temps. Le père n'avait pas tardé à les rejoindre. Ma filleule avait déposé un palmier pour rappeler à mon frère les Antilles. Et écoutait à chacune de ses venues *Adieu foulard, adieu madras*.

XXIII

Quand nous étions en famille devant mon frère, une vague de chagrin nous submergeait. Nous ne pouvions être en paix tant que l'hôpital n'aurait pas reconnu sa faute. L'Institution, ce bloc de béton si politique, misait sur le temps pour que de guerre lasse on oubliât mon frère. Pourquoi cette ignominie ? Elle n'avait rien à y gagner, tout à perdre dans son humanité. Un ancien chef de service de réanimation d'un CHU d'Île de France avait parlé auprès des autorités médicales rouennaises de « désastre d'irresponsabilité morale ».

Trois mondes avaient disparu sous mes yeux : les paquebots, l'École publique, l'Hôpital. Trois piliers de ma vie, trois idéaux. Il fallait accepter la sélection par le fric, la communautarisation alors qu'on nous vendait l'égalité des chances, les chartes, le rejet de la discrimination.

Chaque fois que nous nous trouvions au cimetière, on devinait le CHU en dessous de nous, non loin des bords de Seine. On entendait la sirène des ambulances, l'hélicoptère qui atterrissait et décollait du toit. Tout nous renvoyait à l'hôpital, au couloir de la mort. Chaque jour, ma belle-sœur passait devant le service de réanimation où le drame s'était joué. Sa torture était quotidienne. Pourtant son travail lui permettait de tenir la tête hors de l'eau. L'indifférence de l'institution, de ses confrères acteurs du drame, faisait d'elle une Antigone en blouse blanche qui défendait l'honneur de son mari, portée par leur amour fusionnel.

Il fallait croire néanmoins à la médecine, au progrès, à la science. Mais sensation d'effondrement de l'État, des services publics. Tout semblait décombres. Les médecins étaient pour moi mes admirables, femmes et hommes d'honneur. La lâcheté dont certains avaient fait preuve dans la narration de la mort de mon frère prouvait qu'ils pouvaient être des ennemis de la vérité. Et l'hôpital avait été incapable même de chanter sa gloire. Je ne peux choisir ni le silence ni le pardon. Nous, nous devions, hommes, femmes de bonne volonté, corriger l'injustice suprême qu'il avait subie.

Il n'aurait peut-être pas fallu idéaliser la médecine, en faire un art divin servi par des demi-dieux, au-dessus de la triste mêlée des passions humaines. Un des médecins qui s'étaient occupés de mon frère avait osé dire à ma belle-sœur, quelque temps après l'issue fatale : « Avec une bonne indemnisation, on fera solde de tout compte. » On ne solderait rien du tout. L'indemnisation n'était pas notre préoccupation. Nous voulions la reconnaissance de la terrible faute, des excuses publiques. La déshumanisation semblait incompréhensible à l'hôpital. C'était comme éradiquer sa raison d'être. Soigner le faible, le fragile, l'homme nu.

C'était la vocation de l'hôpital, de cet ordre soignant. Et il le faisait chaque jour très bien. Au quotidien, des milliers de mains prodiguaient des actes médicaux salvateurs.

Et pourtant, chaque jour, depuis quelques années, tous les services de médecine lançaient des appels de détresse. Le corps soignant se mettait en grève. Dans les services d'urgence, il portait une chasuble blanche où était peinturluré « en grève » alors qu'il assurait les soins. Cela eût été inimaginable même en l'an 2000, il y a une vingtaine d'années. La faillite était consommée, l'incendie trop vaste avait tout embrasé. Les héros de la pandémie étaient devenus des maudits.

Médecins, soignants, agents hospitaliers en appelaient au chef de l'État, multipliaient des tribunes, prévenaient que l'hôpital public allait redevenir l'hospice du XIXe siècle, dénonçaient la gestion financière, la rentabilité, la tarification à l'activité, l'hémorragie du personnel qui quittait le grand navire en perdition. La ruine ! Où la France avait-elle semé l'argent ? Une telle impéritie tournait au cauchemar. Qu'aurait fait Zola aujourd'hui du ventre de l'hôpital public ? Hugo aurait dénoncé ce nouveau monde des misérables, à la fois les soignants et les soignés. Hugo que rien ne défaisait, ne démontait. Hugo qui, au bord de l'infini, nous montrait la seule voie possible :

On dirait qu'en tous lieux, en même temps, la vie
dissout le mal, le deuil, l'hiver, la nuit, l'envie,
Et que le mort couché dit au vivant debout :

Aime ! et qu'une âme obscure, épanouie en tout, avance doucement sa bouche vers nos lèvres.

Et cet infini hugolien, c'est l'océan. Là où nous avons toujours le sentiment d'être inatteignables, dans le souffle de la vie. La terre avait tué mon frère, l'avait même enseveli. Il nous restait la mer pour naviguer ensemble, là où nous avons le sentiment d'une renaissance renouvelée et d'une forme d'immortalité.

Je ne pouvais plus voir une marine sans penser à lui. Je tombe en ouvrant une gazette d'art sur *Retour de baignade*, un tableau d'Henri-Edmond Cross, une scène qui se passe sans doute sur une plage du Lavandou où ce peintre pointilliste vivait. Deux silhouettes sur une mer bleu améthyste et vert émeraude. Deux touches. J'imagine que l'une d'elles est mon frère sortant du bain. Comment celles et ceux qui avaient participé à l'enchaînement de sa mort pouvaient-ils dormir en paix, regarder leur famille sans penser à lui qu'ils avaient abandonné ?

Ma belle-sœur ne se relevait pas que les médecins seniors fussent rentrés chez eux dormir dans la chaleur de leur foyer alors que mon frère étouffait. Des images de mon frère allongé sur son lit de mort m'étranglaient. Au petit matin, bien avant l'aube, quand il faisait encore nuit, j'étais à ses côtés dans un monde flottant. Nous flottions comme lorsque enfants nous étions sous l'eau, les yeux ouverts et nous faisant face.

Je faisais avec lui le voyage de Douarnenez. Ensemble à la crêperie Chez Tante Fine, à la Brûlerie d'Ys, dans la maison de nos grands-parents maternels, dans la chambre du dernier étage près du grenier que nous découvrions émerveillés avec ses épuisettes, ses pousseux et ses paniers à crevettes.

Quelques semaines avant le jour fatal, j'étais tombé sur une monographie de Douarnenez écrite en 1927, par le docteur Paul Mével. Habitant rue Saint-Jacques, à Paris, dans le Ve arrondissement, il avait repris le cabinet d'un ami redevenu médecin de la marine, dans ce port à la pointe du Finistère. Praticien à Douarnenez à la fin du XIXe siècle c'était comme être médecin de campagne. On devinait qu'il avait eu un plaisir fou à écrire, que c'était son remède contre les maux de la vie.

J'avais l'impression de lire un récit exotique et en même temps totalement familier. Il parlait de la vie des sardinières comme l'avait été ma grand-mère en usine, de sa première nuit à l'Hôtel des trois marchands – il n'avait pu s'endormir en paix tant le bruit des sabots des sardinières sur le pavé, qui travaillaient à plein régime, avait été incessant. Ces sabots que portaient encore la sœur de ma grand-mère, Marie, et son époux Marcel quand nous allions les voir. Dans leur appartement au dernier étage d'une maison en bas de la rue François-Andro, qui donnait sur le cimetière de bateaux du port-Rhu, étaient posés à l'entrée les sabots de mon grand-oncle, tout comme, dans la haute maison de mes grands-parents, 23 rue Corentin-Pérennes, les locataires du premier étage laissaient les leurs au seuil de leur modeste appartement. Ces locataires, comme la marraine et l'oncle de ma mère, n'avaient pas d'enfants.

Mon frère imitait très bien la tante Marie quand elle

nous disait : « Comment ça va mignon ? » avec l'accent douarneniste. Nous adorions venir à Douarnenez car elle nous couvrait de cadeaux. Elle sortait des billets de banque d'une boîte métallique et nous en donnait généreusement. Elle nous considérait un peu comme ses petits-enfants.

J'ai retrouvé sur Google Maps la maison qu'elle habitait ainsi que celle de mes grands-parents. Je m'abîme un moment sur la barrière en ciment avec ses petits piliers et ses arcs en demi-cercles typiques des années 30 et de la Bretagne. Quand je suis tombé en arrêt devant cette même clôture de la maison d'un ami à Beg Meil, je l'ai regardée comme un chef-d'œuvre, une ouverture secrète et épatante de notre mémoire familiale. Je lis sur Internet : « La clôture des années 1920-1930 en béton moulé et armé aux différents motifs, installée sur un mur-bahut est une tendance décorative qui fut autant employée dans les banlieues des grandes villes ou les maisons de villégiature en bord de mer ou les maisons de maître dans les campagnes. Une multitude d'entreprises proposait un catalogue papier de modèles de clôtures. Certains de ces modèles ont fait fureur et furent fabriqués par milliers. »

Je ne suis pas certain que ce soit du béton, plutôt du ciment. Douarnenez peut sembler une ville grise. Elle était à mes yeux baignée du soleil de l'été et des grandes vacances, colorée comme un magasin de jouets. Jouer, nous amuser dans le jardin derrière, aller aux plages du Ris, des Dames ou à celle des Sables blancs. À l'époque, mon frère ne savait pas qu'il deviendrait médecin. Et moi que je trafiquerais dans la littérature.

Nous ne savions pas non plus que le frère de la meilleure amie de ma mère, Jeanne Pichavant (ma grand-mère s'appelait Jeanne, ma tante s'appelait Jeanne, toutes les femmes en Bretagne semblaient s'appeler Jeanne), avait été le grand ami de Georges Perros qui venait le voir à l'île de Sein. « La Bretagne c'est la mort de l'Occident », affirmait l'auteur d'*Une vie ordinaire*. Et pour moi c'est la renaissance de mon frère. Entre la vie du docteur Paul Mével et celle de mon frère, professeur de médecine, mort tragiquement, entre une médecine balbutiante du début du XXe et celle prophétique de la génétique, il y a un monde aussi large que la baie des Trépassés. Mais ils étaient unis par l'amour de la Bretagne, par cette terre de songes, par ce monde flottant des morts et des vivants : « Des barques et des mâts doucement balancés, reflètent en ses profondeurs leurs ombres tremblotantes. Dans l'intervalle, un clapotis de miroirs brisés où l'on voit passer des coins du ciel et des vols d'oiseaux, des miroitements de façades blanches sur fond d'émeraude et, parfois, un petit clocher pointu qui s'étire et se tord comme une mèche de fouet. »

Douarnenez, où au temps du docteur Mével des commerçantes, les demoiselles Madezo, se souvenaient du passage du poète José Maria de Heredia, de sa femme et de leurs trois filles. Mon frère qui aimait les films *Les Galettes de Pont-Aven* et *Vos gueules les mouettes !*, je le retrouve dans sa simplicité sur les quais de Douarnenez. Nous avions été tant marqués par notre grand-père maternel, homme d'une intelligence prodigieuse, marin pêcheur d'exception, issu d'un milieu pauvre et qui, par ses qualités de cœur et d'esprit, avait réussi à devenir une figure de proue. Et je le retrouvais lui aussi dans le livre sur Douarnenez du docteur Paul Mével. Au sujet du pêcheur local : « S'il est le plus intelligent et le plus audacieux des marins bretons, il est aussi le plus volontaire. » Autre trait commun à mon grand-père Alain : « À ses origines celtes, il doit la sobriété du geste, une réserve voisine de la timidité et une âme volontiers rêveuse et contemplative. »

Mon grand-père portait l'uniforme des pêcheurs de Douarnenez : la casquette bleue à boutons, la vareuse. Mais n'omettait jamais sa cravate. Sur le pont, à la passerelle de son bateau, chez lui, il avait l'élégance de la simplicité. Mon frère avait les mêmes bonté et simplicité que notre grand-père maternel.

Dans notre monde où l'héritage, la transmission, la mémoire n'étaient plus des valeurs cardinales où le spontanéisme triomphait, où la verticalité était un chêne qu'on abat, la génétique soulignait de plus en plus les chaînons qui nous reliaient, le déterminisme physique, physiologique.

Nous nous souvenions encore de nos grands-parents. Nos arrière-grands-parents avaient déjà basculé dans l'oubli. Écrire un livre sur mon frère ne peut intéresser le lecteur qui veut oublier la tristesse, la mort et se divertir. Mais je n'ai pas d'autre choix. Je sais que le monde n'est qu'une tragédie quotidienne : il suffit de feuilleter les fuseaux horaires. Mon frère a eu soixante ans de vie de passion. Faudrait-il que j'accepte pour autant l'issue fatale ? Non, car si nous sommes imparfaits, si nos vies changent rarement le cours du monde, si nous ne le rendons pas plus beau, je ne peux, si je suis un homme, accepter l'inacceptable. Combien de fois ai-je lu dans l'esprit de mes interlocuteurs : « Tes combats ne le feront pas revenir. »

Mais il faut rendre justice aux morts, les réparer, en prendre soin pour qu'ils ne meurent pas une deuxième fois. Pour survivre à la mort de mon frère, je n'ai pas d'autre solution que de suivre le chant des pistes dont parle Bruce Chatwin dans son récit sur les lieux sacrés des Aborigènes en Australie. Le monde a une âme puisque la nature existe et que nous procédons de cette nature. Mon frère était cet oiseau, ce nuage, ce soleil éclatant, cette vague, ce souffle de vent. Et donc le réel n'a pas de frontière. Comme pour les Aborigènes, la terre est une partition musicale. Et si je chante mon frère, il sera. Non un chant laudateur mais une piste chantée et enchantée que nous avions parcourue ensemble. Comment faisaient les enfants uniques ? Comment faisaient ceux qui détestaient leurs frère ou sœur ? Comment les familles pouvaient-elles se brouiller ? Éclater ? La nôtre avait connu ses séismes, ses déchirures. Nos parents nous avaient donné l'amour de l'outre-mer, des bateaux mais aussi de notre port d'attache, du phare que l'on ne perdait pas de vue, notre maison de famille.

Je ne peux m'empêcher de monter de temps en temps dans le grenier, au premier étage, qui jouxtait nos chambres. Il n'y a pas le chauffage. Le vent s'y engouffre malgré la laine de verre. Et souvent, je me dis que là est le vrai coffre-fort. Mon père y a rangé avec son sens du classement toutes les photos et les films de notre vie. C'est à la fois un supplice et un souffle chaud. Cela me prend à la gorge, m'étreint.

Je ne veux pas dire à mes parents que je suis là, absorbé à regarder ce bonheur scandé par les grandes étapes de nos vies : Antilles, voyages, mariages, naissance des enfants, anniversaires. Je vais jusqu'à vénérer les boîtes à photos et remercie mon père, moi l'enfant bordélique, d'avoir préservé ce trésor.

C'est la période des fêtes de Noël, une période toujours atroce pour les familles séparées ou qui portent un deuil trop lourd, un deuil qui n'est pas dans l'ordre de la vie. Je lis dans le journal du jour une double page sur les urgences débordées, « semaine noire pour les malades », et une autre sur une guerre entre deux frères se disputant un empire d'optique et d'immobilier. Je n'aurais jamais pu me brouiller avec mon frère, car il était l'homme du pardon (il aurait même pardonné à ceux qui l'ont tué). Pas un jour sans qu'il y ait un article, une information sur le court-circuit gigantesque de l'hôpital public, un reportage sur le burn-out des soignants, un accident fatal aux urgences, une faute médicale. Mon frère a été victime de ce naufrage.

Il ne me reste plus que la nostalgie pour ne pas sombrer à mon tour. Je veux désormais chanter mon frère et crier ma colère. Qui aurons-nous vraiment aimé dans nos vies ? L'amour donné ne doit pas être perdu. Nous avons été merveilleusement libres et avons partagé ensemble nos plus belles joies, nos succès, comme nos épreuves. Rien ne nous comblait plus que de nous offrir des cadeaux : un souvenir de voyage, un livre qui nous était cher, un disque avec une interprétation d'exception.

La variété française du début des années 70 a un pouvoir

extraordinairement évocateur : c'est Françoise Hardy, Joe Dassin, Julien Clerc, Michel Fugain. Ce sont des chansons mais elles ravivent des souvenirs si vitaux. On monte d'un cran avec les *Carmina burana* de Carl Orff que mon frère m'avait fait découvrir. À Noël, nous écoutions toujours la musique antillaise de notre enfance, puis Oscar Peterson et Ella Fitzgerald que mon père avait découverts à La Nouvelle-Orléans, du Mozart, du Verdi. La maison devenait une scène d'opéra. Nous aimions tant l'exaltation, le lyrisme. Avons-nous payé ce bonheur trop exprimé, trop déclaré qui restait pourtant entre nos murs, que nous n'étalions pas ?

Nous croyons que la vie ce sont de grandes idées, des engagements, alors que ce sont les objets que nous avons polis qui sont les lampes d'Aladin de notre mémoire. C'est la raison pour laquelle nous parlons à nos morts à travers ces objets. Il me suffit de voir les coussins gris et orange à rayures du salon de jardin de mes parents pour revivre toutes ces gorgées communes de soleil. Était-ce une anomalie cette famille unie ? Souvent, j'ai pensé que je me devais de transmettre le courage de mes parents pour sourire à la vie. Coups de vent, pluie, tempêtes. Plus qu'un calendrier, la vie est une météorologie où la famille est un mât qui nous permet de nous accrocher. Je ne dois pas m'abîmer sur les raisons du malheur. Pourquoi mon frère a-t-il été désigné pour aller sur la Croix ? Pourquoi ai-je eu l'impression que c'était la fin du monde quand il est parti ? Je ne veux pas l'abandonner. Sophocle, *Électre* : « Tu t'es évanoui pour rejoindre la mort. Avec toi, tout s'est envolé dans un grand vent.» «Quand tu étais en vie, tout nous était commun.»

Je regarde les hommages sur la page du site de l'hôpital qui lui est consacrée, sépare le bon grain de l'ivraie. D'aucuns qui se prétendaient ses amis, ont tourné le dos à mon frère mort pour protéger une institution, des fonctions, des décorations, le conformisme.

XXIV

Un an avait passé. Il fallait franchir ce cap tempétueux, cet étranglement. Le printemps aurait toujours pour nous désormais le souffle froid de l'hiver. Cimetière, fleurs, déjeuner de famille. Parfois la messe. Et à Pâques (Christ est ressuscité) toujours avec lui. L'année de sa mort, avant l'été, je me revois dans le quartier de l'Opéra à Paris recevoir par un texto de ma belle-sœur la lettre de la directrice du CHU en codicille des conclusions de l'enquête interne. Ce chef-d'œuvre de verbiage administratif mérite d'être cité :

Rouen, le 25 mai 2021

Chère Madame,

En complément du compte rendu de médiation établi par Madame le professeur D, je tiens à vous assurer de mon engagement à votre égard.

Les conclusions du rapport dont j'ai eu à connaître et qui fait suite à l'analyse menée par l'UPRAS en lien avec des experts externes et à la rencontre de vos proches dans le cadre de la médiation médicale, établissent que dans « dans un contexte spécifique où les professionnels ont cru devoir adapter les modalités de prise en charge du patient pour lui permettre le maintien de son activité et où le patient présentait un foramen ovale perméable ignoré, la défaillance de la prise en charge par le CHU s'est avérée malheureusement déterminante dans l'issue pour le professeur Frébourg ».

C'est un poids que porte le CHU en son ensemble qui non seulement a perdu l'un de ses membres éminents, mais doit savoir reconnaître et corriger ses défaillances lorsqu'elles surviennent.

Je veillerai à ce que les pistes d'amélioration envisagées soient mises en œuvre. [...]

Drôle de sabir ! Nous ne pouvions en rester là. Nous savions que la bataille serait longue, éprouvante. Nous avions à nos côtés un jeune et remarquable avocat, originaire d'Angers, spécialiste des erreurs médicales, que nous avait recommandé une amie qui s'était battue contre le plus gros scandale de l'industrie pharmaceutique. Il en avait vu du noir chez les blouses blanches, de ténébreuses affaires que les hôpitaux et cliniques avaient voulu étouffer.

Il décida de saisir la commission de conciliation et d'indemnisation de la Haute-Normandie. Cette fois deux experts indépendants, un professeur de neurologie et un autre de réanimation, furent nommés. Ils rendirent leur rapport en novembre 2021. Vingt-neuf pages qui retraçaient la chronologie des faits, les discutaient. Le ton en était solennel. « Après avoir attesté sur l'honneur n'avoir aucun lien d'intérêt avec une ou plusieurs parties à l'instance et après avoir entendu contradictoirement les parties, pris connaissance des pièces médicales communiquées à la commission par le demandeur, voire de l'entier dossier médical si nécessaire, nous nous engageons : 1) de décrire les circonstances dans lesquelles Monsieur Thierry Frébourg est décédé et de préciser les circonstances dans lesquelles le dommage dont il est recherché réparation est intervenu 2) de rapporter les antécédents médicaux et chirurgicaux du patient. 3) de décrire les causes du décès. »

C'était un rapport absolument compréhensible pour les non-initiés qui ne disposeraient d'aucune connaissance médicale. Un rapport scientifique qui se révéla un réquisitoire rédigé en notre « honneur et conscience ».

Des phrases écrites en gras agissaient comme des coups de marteau : « l'analyse des conditions dans lesquelles le cathéter a été retiré permet de constater que plusieurs fautes techniques ont été commises, expliquant la survenue de l'embolie gazeuse et le décès.

Il n'est relevé aucun antécédent de santé chez M. FRÉBOURG qui intervienne dans l'évolution catastrophique qui est survenue.

Il s'agit d'un accident médical fautif (100 %).

Souffrances endurées sur une échelle de 0 à 7 : 7/7.

Autres préjudices :

Personnel : angoisse de mort majeure après l'embolie gazeuse.

Familial : préjudice d'affection. »

Voilà, la messe était dite. C'était au canon. À charge contre le CHU qui avait tout faux sur toute la ligne. Mais au bout de la ligne, il y avait un mort. Un mort sur ordonnance. Mon frère devait être le premier médecin au monde non pas qui mourait dans son propre hôpital mais emmené dans la mort par lui. L'horreur de l'absurde. Ou l'absurde de l'horreur. De ce que l'hôpital n'avait su exprimer avec honnêteté et clarté, ce nouveau rapport d'expertise – celui-ci indépendant et recherchant la vérité – sabrait nuages et ombres. Tout était clair et coupant. C'était un rapport scientifique qui avait valeur juridique mais on percevait dans les notes et remarques des experts une colère devant la scène du drame.

Nous nous étions retrouvés un matin d'avril 2022 avec notre avocat, ma belle-sœur, ma filleule, mon neveu devant la Commission de conciliation et d'indemnisation, dans un immeuble récent, en bord de Seine. L'avocate du CHU avait contesté le préjudice d'angoisse majeure avant sa mort et plus tard reprocherait à ma belle-sœur des frais d'obsèques fastueux. Devant la commission, ma belle-sœur, Noëlle, lut cette lettre de doléances qui marqua les consciences :

Je suis ici à cause d'une mort injuste : est-il concevable de mourir d'un retrait de cathéter à l'heure des ARN messagers ?

Je suis ici pour un homme qui a consacré sa vie à l'hôpital public, mis sa pleine confiance en ses collègues, un homme qui croyait en l'excellence des soins, et qui a payé de sa vie la négligence d'un simple protocole.

Je suis ici parce qu'au moment d'un acte infirmier jugé banal, mais requérant pourtant une présence médicale au regard du code de la santé publique, les médecins n'ont pas estimé nécessaire d'être présents, et qu'il m'a fallu ensuite entendre d'eux que c'était arrivé parce que c'était Thierry, dont le prestige avait dû impressionner l'infirmière missionnée seule à son chevet.

Je suis ici car ce prestige ne retint pas davantage nos pairs seniors lorsque l'état de Thierry s'aggrava en réanimation. Tandis que lui se battait encore, ils rentrèrent chez eux, laissant à leurs jeunes collègues de garde les décisions ultimes et le soin de m'annoncer une issue probablement fatale. Ces médecins, qui étaient aussi mes collègues depuis plus de 25 ans, n'ont pas jugé utile de m'appeler lorsque Thierry fut intubé puis transféré à Garches.

Je suis ici pour un mari merveilleux, tendre et aimant comme à notre premier jour, qui aimait passionnément la vie, sa famille et son métier, qui me parlait joyeux et confiant quelques minutes avant l'horreur, puis qui a connu la torture d'asphyxier pendant près de six heures, et qui comprenait qu'il n'en réchapperait pas lorsqu'il m'a parlé pour la dernière fois de son lit de réa.

Je suis ici parce que dans les heures et les jours qui ont suivi la mort de Thierry, aucune autorité médicale de la direction de notre CHU ne m'a appelée, aucun porte-parole n'a frappé à ma porte. En revanche la presse était informée par cette même direction que Thierry était mort d'une « complication aiguë de la maladie pour laquelle on le soignait ».

Je suis ici parce que j'aurais aimé que notre institution, à laquelle nous avons tous les deux consacré nos vies, ne baissât pas la tête mais fût capable de la relever pour me dire que nous étions malgré tout unis, que nous formions une famille : celle des soignants. Cela eût été possible lors d'une médiation à laquelle nous voulions croire, mais qui tenta de diluer les responsabilités et de rendre mon mari en partie acteur de sa propre mort. Ces allégations sont aujourd'hui battues en brèche par le rapport d'expertise.

Je suis ici pour un homme qui s'est battu chaque jour pour l'accès au système de santé et l'égalité des soins pour tous, et qui aura finalement été moins bien traité que tout un chacun.

Je suis ici parce que la médecine perd un bâtisseur génial et inspiré, un chercheur passionné pétri d'éthique et d'humanisme, un fédérateur d'équipes et un enseignant iconique.

Je suis ici pour des centaines d'étudiants abandonnés dans le même silence que nous. Je veux que leur professeur mort continue à leur enseigner, du haut de son amphithéâtre céleste, les leçons de sa propre histoire.

Je suis ici pour nos deux enfants qui n'ont plus de père, et parce que ce père leur répétait chaque jour que le premier devoir est celui de savoir reconnaître ses erreurs.

Je suis ici pour les parents de Thierry, si longtemps comblés par sa réussite étudiante puis professionnelle. Ils portent désormais courageusement leur chagrin dans les dernières années de leur vie, et pleurent leur fils chéri, qui leur disait toujours que oui, malgré tout, c'est un luxe de vieillir. Lui ne connaîtra pas ce luxe.

Le silence et l'omerta qui ont suivi la disparition de Thierry firent de moi une double victime : non seulement j'avais perdu l'être qui m'était le plus cher au monde, mais je devins la collègue indésirable qui pouvait faire ombrage à la médecine, la collègue à éviter pour ne pas faire de vague et protéger notre institution. De plus, l'incapacité des médecins impliqués à reconnaître et assumer leur faute, et à m'accompagner dans ce drame, provoqua un transfert de leur culpabilité sur mon état psychique, exactement comme chez les victimes d'abus et de harcèlement, qui culpabilisent, souffrent d'humiliation et portent la honte en lieu et place de leur agresseur.

Trois phrases me reviennent constamment en mémoire : celle du chef de service de neurologie disant au téléphone à mon fils quelques jours après la mort de son père : « Je n'y suis pour rien, c'est l'infirmière qui est en cause, et d'ailleurs votre père est mort à Garches, pas dans mon service », celle du praticien en charge de Thierry m'écrivant dans un mail : « Soyez assurée que nous avons pris en charge votre mari avec toute la conscience que nous accordons à nos patients et avec l'attention que nous lui devions en tant qu'éminent collègue » et enfin celle de la médiatrice à mon encontre : « Mais enfin, Mme Frébourg, vous saviez quand même qu'il était malade votre mari ! », comme s'il avait été atteint d'un cancer au stade terminal.

Parmi mes collègues non impliqués, rares sont ceux qui ont trouvé le courage de venir me voir ou de m'écrire, pour me soutenir ou s'indigner : ils ont été l'exception dans un océan de silence. Certains de nos amis du CHU n'ont même jamais cherché à me revoir.

À ce jour, en raison du malaise collectif, aucun hommage n'a été rendu à Thierry par les médecins de notre établissement, bien que nombre d'entre eux lui doivent leur formation, leur poste, leur thèse, leurs publications, leur habilitation à diriger des recherches. Quel contraste au regard des émouvants hommages des généticiens et chercheurs de France et du monde lors des congrès scientifiques !

La force d'amour de l'être d'exception qu'était mon mari m'a aidée à surmonter le choc post-traumatique et l'humiliation endurés après sa mort, et à reprendre le chemin de mon CHU en parvenant à y garder la tête haute, soutenue par la bienveillance des collègues de mon équipe. Je formule ici le vœu que notre institution, à laquelle je continue d'appartenir en dépit de son attitude, soit capable un jour d'assumer ses responsabilités en reconnaissant les torts parfois causés à ses patients, qu'elle soit aussi capable dans de telles situations de présenter des excuses aux familles. Je le souhaite ardemment pour les futures victimes d'accidents médicaux et pour l'exercice de la médecine à l'hôpital public, afin que nous puissions tous continuer à en être fiers, comme Thierry et moi l'avions toujours été.

Au cours des étapes de la procédure d'expertise puis de conciliation, aucun des soignants impliqués ne s'est présenté pour être entendu. Pourtant, les règles liées à l'exercice de la profession d'infirmier du code de santé publique mentionnent, dans l'article R4311 alinéa 9, que le retrait d'un cathéter central relève de gestes techniques ne pouvant être effectués par un personnel infirmier que si un médecin est présent à ses côtés. Il se trouve que l'infirmière mise en cause a été envoyée seule au chevet de son patient, ce qui constitue d'évidence un manquement, auquel s'ajoutent le manquement à l'obligation de soins consciencieux et le manquement à l'obligation de soutien de l'entourage du patient, également exigés par le code de déontologie médicale. Dans l'espoir que ces soignants jamais inquiétés aient à répondre de leurs manquements devant la chambre disciplinaire de leur ordre, le président départemental de l'ordre des médecins, celui de l'ordre des infirmiers, le directeur général de l'ARS et le procureur de la république ont été alertés.

Je suis devant vous aujourd'hui pour que l'on répare l'honneur et la vie d'un homme, et aussi pour que l'on tente de réparer l'honneur de la médecine.

Le soir même de la réunion de la CCI, je me retrouvais avec deux amis, C. et P., en face du massif du Mont-Blanc à monter en chemise, dans la neige, frontale allumée, l'alpage des Prés, avec un dénivelé de 728 mètres pour atteindre à 2000 mètres d'altitude un refuge et fêter l'anniversaire surprise de notre ami S. qui, lors de la mort de mon frère, courait les sommets des montagnes, au plus près du ciel. À cette fête, il y avait beaucoup de médecins. Thierry était à mes côtés.

Moins d'un mois plus tard, la CCI rendait son avis : le CHU était entièrement fautif. Le 15 juin, j'organisais une conférence de presse à Rouen avec Coralie ma filleule pour rendre publiques les conclusions de la CCI. Je publiais une tribune aussi dans la presse écrite. Il s'agissait de faire du bruit, de ne pas laisser le silence tout écraser. Je recevais des témoignages de connaissances qui me disaient avoir perdu leur mère, un parent à la suite d'une faute médicale et n'avoir pas osé poursuivre les responsables. Dans les commentaires des internautes, où souvent s'expriment les passions tristes, certains prétendaient que c'était grâce à nos relations si cette terrible affaire n'était pas enterrée. Nous avions pourtant le sentiment de nous battre pour toute cette armée de morts injustes, ces âmes mortes écrasées par le silence et le poids de l'institution. Il y eut des articles jusqu'en octobre et notamment dans *Libération*, *Paris-Normandie*, *Le Parisien*, *Le Quotidien du Médecin*, *Ouest-France*, *Le Télégramme*, *Le Figaro* qui citait aussi la position de l'hôpital de Rouen :

« Du côté du CHU, on répond avoir "déjà reconnu plusieurs défaillances dans la chaîne de soins", on "ne conteste pas les conclusions de la CCI" et on "souhaite que l'indemnisation de la famille puisse intervenir au plus vite". Y aura-t-il pour autant des sanctions envers le personnel médical ? "La responsabilité du CHU telle que posée par la CCI est une responsabilité collective et institutionnelle, pas individuelle, objecte un porte-parole. Pour éviter que d'autres défaillances du même type ne puissent se reproduire, le CHU a renforcé son protocole de gestion du risque relatif aux ablations de cathéters." »

En effet, il est très difficile de poursuivre des médecins du service public car la plupart du temps seule la responsabilité collective est engagée. Et pourtant, par la force de persuasion de Noëlle, les deux praticiens hospitaliers qui avaient la tutelle et la responsabilité du service de neurologie où mon frère avait été soigné furent déférés devant la chambre disciplinaire de l'ordre. La procédure est en cours. Ils sont donc pour le moment présumés innocents.

XXV

Il me faut ouvrir ce livre comme mon frère ouvrait les bras. Ne pas me buter aux parois de ciment du caveau. Peut-être devrais-je mener une enquête sur tous les protagonistes. Une vie ne se résume pas. Un précipité ne dit rien d'un être humain. Ce qui compte ce sont les tressaillements, les interstices, les détails. Le flot de la conscience. Si l'on veut éviter tout manichéisme, le fiel ou le miel. Mais le sujet ici ce n'est pas le bon et les méchants. C'est le juste et les incompétents et dans un second temps le juste et les menteurs. Il serait peut-être intéressant de retracer la vie des soignants, des médecins, des avocats concernés. Que diraient tous ces destins ? À commencer par l'infirmière qui a prodigué le geste fatal. Comment vit-elle cet acte ? Elle avait d'abord été mise au repos puis exfiltrée auprès de l'ordre des infirmiers de Haute-Normandie avant d'être mutée dans l'Hérault, à Montpellier. J'avais proposé au président de la commission médicale de la rencontrer quelques jours après le drame pour soulager le poids de sa conscience. Voici le courriel que je reçus alors de la directrice du CHU.

Cher Monsieur,

Tout d'abord, il faut que vous le sachiez, nous sommes tous, collectivement et individuellement, bouleversés de ce qui est arrivé.

Certes, la vie professionnelle est parfois intense et les contacts entre fortes personnalités ayant à traiter d'enjeux majeurs pour les patients et l'organisation des soins peuvent bien normalement comprendre des divergences de vue. Mais Thierry Frébourg était l'un des nôtres et nous étions unis par quelque chose qui nous dépasse et nous rassemble tous : l'intérêt supérieur des malades.

La mission de l'hôpital est de soigner. Nous n'y avons collectivement pas réussi en ce qui concerne votre frère, par ailleurs mari, père, ami. C'est d'autant plus douloureux que Thierry Frébourg faisant partie de l'équipe du CHU, il était un collègue ou un confrère. Nous mesurons a fortiori combien votre peine est incommensurable, au-delà de la nôtre évidemment. Au-delà des mots. […]

Nous comprenons votre démarche qui, « dans un esprit de paix », pour reprendre vos termes, vous conduit à proposer à un des membres du personnel ayant participé aux soins une entrevue. Ne pensez-vous pas que la recherche des causes profondes n'étant pas terminée, il est prématuré de solliciter un des intervenants, quel qu'il soit, en dehors de celle-ci ? Avez-vous de votre côté des informations sur un sentiment de culpabilité qui pèserait sur une infirmière en particulier alors que l'analyse des faits n'est pas finalisée ? Si c'est le cas, il est extrêmement généreux de votre part de vous en préoccuper, compte tenu de la peine qui vous frappe directement. Souhaitez-vous, le cas échéant, que nous lui transmettions un message en particulier, dans un premier temps ? Nous sommes certains que la personne en question, si elle est bien dans la situation que vous dites, y sera très sensible et nous vous en remercions pour elle par avance.

Comment vit-on quand on sait qu'on a participé à une chaîne de soins défectueux qui a entraîné la mort d'un homme ? Entre culpabilité extrême et déculpabilisation ? Difficile d'avoir une réaction modérée et équilibrée. Mais immédiatement, « ce n'est pas moi, ce n'est pas de ma faute » surgissent comme des cartons de la poche d'un arbitre de football. L'infirmière avait avancé qu'elle n'avait fait qu'appliquer la procédure – certes fautive – de l'hôpital. Il n'empêche que si elle avait appuyé correctement sur le point de ponction (là où était planté le cathéter jugulaire), mon frère serait encore de ce monde. En neurologie, tout le monde se défaussait plus on montait dans la hiérarchie. On m'avait raconté qu'au CHU on plaignait presque plus son chef de service que mon pauvre frère. Il reste qu'aucun médecin, pas même un interne n'était à ses côtés au moment de l'ablation du cathéter, ce glaive. Il y a tant de vies qui se croisent dans un hôpital, tant de pâte et d'épaisseur humaine. Tout s'y précipite, tout s'y accélère et les faux-semblants y tombent vite. J'avais besoin de mener l'enquête, comprendre qui avait failli et comment la chaîne avait dysfonctionné. J'avais certes le rapport implacable des experts mais j'avais besoin de nommer les choses, les évènements, les êtres. Ces intervenants, je les aurais rencontrés dans d'autres circonstances, je les aurais trouvés peut-être sympathiques. Pourquoi m'étaient-ils devenus hostiles ? À cause à la fois de leur responsabilité mais aussi de leur lâcheté après la mort de mon frère. Seule la patronne de la réanimation était restée en lien avec ma belle-sœur et avait reconnu auprès d'elle avoir failli. L'hôpital était devenu une obsession et un cauchemar. Quelle place celui de Rouen avait occupé dans nos vies, comme un aimant que l'on redouterait. Mais l'hôpital n'avait pas été toute la vie de mon frère. Il y avait ses enfants, la musique, les voyages, son amour pour Noëlle, l'amitié aux quatre vents, sa Bretagne, l'Océan.

XXVI

Je ne veux pas laisser mon frère dans le grand froid, mais le ranimer du souffle chaud de la vie, de la joie. Le baigner dans l'eau chaude des Antilles. Il m'arrive aussi de l'emmener sur les chemins de Varengeville, au pays des peintres et de la lumière. C'est l'une des provinces de notre royaume.

Je cours en cette fin d'année dans les sentiers où nous avons couru si souvent côte à côte, où tu me parlais avec ta verve et tes vibrations. À l'époque, nous partions de chez nos parents en descendant les grands lacets de Pourville avant de gagner Varengeville.

Nous venions de cette terre par notre grand-père paternel et ce village nous semblait en même temps la terre élue, celle des peintres, une Suisse anglaise, une Riviera normande un peu inaccessible. Nous connaissions pourtant toutes les strates de cette terre de cultivateurs qui, nous racontait notre grand-père, comptait à l'origine quatre fermes. Qu'étions-nous sinon des culs-terreux, qui par miracle avaient roulé dans la mer des Antilles ? Sa limpidité serait pour nous à jamais notre vie éternelle.

Notre grand-père paternel nous avait transmis son attachement silencieux et autoritaire à la terre. Mon frère deviendrait généticien, cette science qui prouve que nous sommes déterminés par un arbre familial et que nous n'échappons pas au *fatum* de nos gènes, ces lettres qui accumulent les qualités et les fautes de nos ancêtres. Cette science futuriste permettait de lire l'archéologie de nos corps, de comprendre ce qui s'était passé avant notre naissance. D'où nous venions. Mon frère m'avait dit qu'il travaillait avec des généalogistes et construisait des arbres familiaux pour repérer des pathologies graves.

Donc, je cours dans les chemins de Varengeville. Comme il a plu et venté, je suis absolument seul dans cette course-pèlerinage. C'est le chemin de notre mémoire familiale aussi. J'aime t'écouter quand tu me donnes des conseils de sagesse, me montres la route du soleil. Je ne t'ai jamais vu abattu, déprimé. Triste parfois, jamais renversé car tu fais face quand d'autres s'écroulent. Tu protégeais tout le monde, nous soignais moralement et physiquement car tu avais des mains de guérisseur et de pianiste. Tu étais un musicien de la vie. Il faut jouer et courir.

La route de l'église, tout d'abord. Une courbe, un faux plat. Un chemin qui porte vers la beauté et hors du temps. On est à la fois dans le Devon et à Sintra au Portugal. Je laisse le manoir des Moutiers à main droite, puis le cimetière marin où la mort ne nous a jamais paru triste car la mer est son horizon. Pourquoi finir dans une cuve en ciment ? Pourquoi ne rejoignons-nous pas la terre, la mer, le ciel ? Pourquoi verrouille-t-on les morts ? À quel moment avons-nous trouvé dans notre jeunesse le cimetière marin de Varengeville bouleversant de beauté en pensant que ce serait notre dernière demeure ? Nos arrière-grands-parents y sont enterrés, ainsi que le musicien Albert Roussel, le dramaturge Georges de Porto-Riche et le peintre Georges Braque. Nous en avions fait notre promontoire : pas de vue sur la tristesse !

Nous courons autour d'un cimetière pour montrer que nous les vivants sommes debout, que tout est en ordre, et d'un coup les tombes scellées s'ouvrent et nous happent. La vie nous disperse, la mort aussi. La modernité c'est l'éclatement. Dispersion des cendres. Atomisation des corps. Recyclage absolu. On pratique aussi le *greenwashing* de la mort.

Mon frère est enterré au cimetière monumental de Rouen juste à côté de sa maison. Flaubert, Duchamp donnent de la fantaisie, de l'ironie, à ce champ des morts qui dévale vers la ville. Il est vraiment monumental. Duchamp, du champ. Et moi je veux chanter le chant de mon aîné. En quoi notre chagrin peut-il intéresser les autres ? Pourquoi le deuil est-il une affaire privée ? Notre époque soustrait les morts, les escamote. Quand la littérature de deuil est-elle apparue ?

La mort et la littérature sont une affaire sérieuse. Elles vont de pair. La littérature est le rivage de la mélancolie. Je ne pense pas à tout cela en courant. Mais je regarde ce cimetière marin en me disant qu'il fait partie de notre univers, de notre constellation. Braque est là sous sa tombe grand format d'où s'envole un oiseau en céramique. On dit que c'est un grand-oncle, le beau-frère de notre grand-père, qui a construit le presbytère. Et il a édifié la maison de Braque sur les plans de l'architecte Paul Nelson, lui aussi enterré au cimetière marin de Varengeville.

Je cours devant la maison qu'a habitée le peintre Isabey, passe devant celle de Miró avant de rejoindre celle de Braque. Autant de stations qui me rapprochent de toi, mon frère. Ce n'est plus le chant des pistes des Aborigènes australiens célébré par Bruce Chatwin mais le chant des sentiers et des talus qui nous protègent comme le château de sable de la vague inéluctable du temps. « Les anciens s'ouvrirent un chemin dans le monde entier par leur chant, écrit Chatwin. Ils chantèrent les rivières et les montagnes, les lacs salés et les dunes de sable [...]. Ils enveloppèrent le monde entier dans un réseau de chants ; et, enfin, lorsque la Terre fut chantée la fatigue les envahit. De nouveau ils ressentirent l'immobilité glacée des temps. Certains s'enfoncèrent dans le sol là où ils se trouvaient. D'autres se glissèrent dans les cavernes. »

Et tous s'en retournèrent sous terre. Les Aborigènes comme tous les hommes ont inventé la peinture pour se rapprocher du ciel et ne pas être enterrés. En Normandie, les peintres font partie de notre musée imaginaire. Un musée qui n'est pas abstrait puisque c'est notre décor quotidien : je vis dans cette palette magique que sont Dieppe, Varengeville, Pourville et même l'Offranville de Jacques-Émile Blanche. Dans mon adolescence, Blanche a peut-être plus compté que certains génies. Mon grand-père nous a livré en héritage ce nom et le manoir du Tôt où ce délicat portraitiste habitait.

Mon frère est le médecin des transmissions. Le grand mot est lâché. Il n'a jamais été pour moi un mot relevant du vocabulaire militaire. Mais du répertoire médical. Pour nous, les transmissions c'est cette parenthèse quand mon plus jeune fils se battait dans un service néonatal. L'heure des transmissions, du passage d'une équipe à une autre, 6 heures puis 18 heures. Que transmet-on à nos enfants ? Cela a été la question essentielle de ma génération une fois que nous sommes devenus parents. Car nous avions vite compris que le rouleau du numérique et des écrans araserait la mémoire.

On dit qu'Internet conserve la trace de tout ! Oui, mais comme un cybercommissariat qui nous fiche. Qu'est-ce que nous allions transmettre à nos enfants au moment où le sacré, le livre, la mémoire écrite s'effaçaient ? On nous avait laissé des noms et des lieux. Et cette terre grâce à la peinture devenait éternelle.

Je courais au milieu des peintres car ils nous accordaient l'éternité. Ils avaient dessiné notre maison commune. Varengeville, qui nous semblait un village confit dans nos racines, constituait notre clocher de l'avant-garde. Il y avait l'église, autour de laquelle on tournait. Même quand nous allions nous baigner à Pourville, nous la regardions de loin, une fois le large atteint. Impériale dans sa solitude de veilleuse, elle surplombait l'océan, fragile, prête à tomber dans la mer et forte puisqu'elle veillait sur nous. Monet, à ses pieds, était venu la peindre. En dessous, dans cette valleuse, cette gorge des Moutiers dans laquelle nous avions tant cavalé, soufflant, haletant dans la montée, se nichait sa cabane du douanier.

Cette mer, cette herbe d'or, celle du jardin des Hespérides. Cela ne devait pas mourir. C'était la mythologie. Monet avait peint Pourville, autre point de notre triangle magique, où tu aimais tant venir te baigner. Cette toile est exposée à la Glyptotek de Copenhague où tu étais allé avant moi et que tu m'avais conseillé de ne pas manquer.

Quelque chose me réchauffe et te ranime aussi : les éclats de rire partagés des peintres. Oui, Braque, Calder, Miró à Varengeville. Les vois-tu sur les galets, sous le soleil, joyeux, photographiés par Hans Hartung ? Une exposition leur avait été consacrée à Rouen. Une partie avait pour titre « 1937 : l'été des Géants ». Notre père avait cinq ans cette année-là. Peut-être les a-t-il vus sur cette grève. L'architecte Paul Nelson, leur ami, a dessiné plusieurs projets qui n'ont jamais vu le jour, comme la Cité hospitalière de Lille, mais a réalisé une œuvre majeure, le Centre hospitalier Mémorial France-États-Unis de Saint-Lô, et aussi la polyclinique François Ier au Havre, les hôpitaux d'Arles et de Dinan. L'architecture hospitalière était au cœur des préoccupations humanistes de Paul Nelson. Je passe devant la maison de Nelson, devant celle de Miró, Le clos des sansonnets, puis devant celle de Calder, Le clos du timbre.

Une autre séquence a pour titre « Varengeville, foyer d'amitiés artistiques ». On voit de joyeuses tablées dans le jardin de Braque, sur une table en bois. Des verres de l'amitié, des bains de soleil sur les chaises longues en toile.

Le soleil de l'Espagne, l'Amérique colorée de Calder mais aussi la venue de Derain, de Kandinsky. Cette exposition avait eu lieu en 2019 à Rouen. J'y étais allé dans les derniers jours de septembre.

XXVII

Maintenant, je passe mon temps dans les musées car tu es dans chaque tableau. Monet toujours, cette fois au musée Marmottan, l'exposition *Face au soleil.* J'ai beau écrire que tu es solaire, il ne faut pas croire non plus que je te prenne pour le soleil.

Même si je sais qu'au fond de moi ta mort marque une éclipse définitive, la victoire de l'hiver. Héliotrope, cela te convient parfaitement comme qualificatif. L'exposition montre que l'homme est passé du géocentrisme à l'héliocentrisme. La terre nous semblait le cœur de l'univers autour duquel tournaient les autres planètes. C'était tout le contraire. Il y a une vision de saint Benoît de Giovanni del Biondo saisissante, où le sacré et le paganisme solaire se regardent, une adoration des bergers devant l'enfant Jésus : « Je suis la lumière du monde. » Nous avons été dans la lumière du monde ensemble. Quand, enfants, nous vivions le miracle éternel des Antilles, des îles et des mers du Sud. Adoré est un mot que nos parents employaient sans cesse à notre sujet.

Mais il est un dessin qui retient mon attention, un dessin au burin, la chute de Phaéton, fils d'Éos et de Cephale ou, selon une autre légende, du dieu Soleil et de l'Océanide Clymène. Il est le principal personnage du livre II des *Métamorphoses* d'Ovide. Élevé par sa mère, Phaéton veut connaître l'identité de son père. Elle lui avoue ses origines, bras tendus vers le soleil : « Par cet astre brillant, dit-elle, qui nous éblouit de l'éclat de ses rayons, qui nous entend et qui nous voit, mon fils, je te le jure, c'est de ce soleil que tu contemples, de celui qui est l'ordonnateur du monde, que tu es né ». Afin qu'il ne doute pas qu'il est bien son père, le Soleil lui propose de lui accorder une faveur qui lui tient à cœur. « Phaéton demande le char de son père et pendant tout un jour, la faveur d'être le maître et le conducteur des chevaux aux pieds ailés. »

Phaéton est un mortel, un enfant, et il réclame une faveur disproportionnée à ses forces. « Même aucun Dieu n'est capable de se tenir sur le char qui porte le feu, moi seul excepté. Même le grand Jupiter n'y oserait pas. » Le Soleil a beau expliquer à Phaéton que ce n'est pas une faveur qu'il demande, ni un honneur, mais un châtiment, Phaéton ne veut rien entendre. C'est un enfant capricieux, gâté. Il insiste. Le Soleil tente de le convaincre : « Pour la voir sans courir de danger laisse-moi dispenser la lumière à la terre », mais il doit tenir son serment.

Emmené par les coursiers qui emplissent les airs de leurs hennissements aux jets de flamme, le char s'élance sur la route et fend les nuages. L'attelage non tenu va semer le chaos dans l'univers. C'est le feu qui roule et brûle tout sur son passage : « Sous l'action du feu, les nuages s'évaporent. » L'incandescence et la combustion dévastent tout. C'est la fusion et la confusion. « Phaéton voit de toutes parts, le monde en flamme. » La terre n'en peut plus. Même Atlas est à bout de forces. La Terre nourricière des êtres, « épuisée par la sécheresse, sa tête accablée, porta la main à son front, et, avec une grande secousse qui ébranla le monde, s'affaissa un peu au-dessous de son niveau habituel. »

Cette personnification féminine – je vois une magnifique statue en mouvement douée de mobilité – me bouleverse. Jupiter est obligé d'intervenir, car sinon tout disparaîtra. C'est le père tout-puissant. Il prend les autres dieux à témoin puis foudroie Phaéton pour mettre fin à l'incendie. Que devient Phaéton ? C'est ce qui retient mon attention :

« Il roule sur lui-même dans le gouffre. » C'est cette parenthèse suspendue que représente le dessin d'Hendrick Goltzius et Cornélis Van Haarlem, qui date de 1588. Certes, on pourrait avoir l'attention retenue par la musculature de colosse de Phaéton, des muscles de *body builder*. Mais je suis fasciné par le basculement dans les airs de Phaéton. Il est renversé. On le voit de dos. Sa chevelure abondante, d'homme jeune, est comme hérissée. « Ses cheveux rutilants en proie aux flammes, il roule sur lui-même dans le gouffre, laissant dans l'air au passage une longue traînée, tout de même que parfois une étoile, du haut du ciel serein, donna bien qu'elle ne soit pas tombée l'illusion de l'être. »

Tout est déséquilibre dans son corps. Le bras gauche tendu est dirigé vers sa jambe droite et son bras droit est dans la continuité de sa jambe gauche. Ce qui est important c'est le doigt, l'index de la main gauche qui montre les chevaux aux pieds ailés (ils sont au moins cinq) dans les airs, le cosmos. Les contours du dessin sont circulaires. Ce cercle c'est aussi la terre, même si l'on voit en dessous de Phaéton la mer, les montagnes, un bateau à voile, un paysage qui pourrait être italien ou grec. Quatre phrases oraculaires sont gravées autour du dessin : « *Non ambire probat sapiens sed laudat honores* » (Un homme sage ne recherche pas les honneurs mais les approuve), « *Laudat contingant si tamen illa probis* » (Il les loue si vous les prouvez), « *Sic Phaetontaeus nimium temerearia lapsus* » (Ainsi Phaeton a glissé trop imprudemment), « *Vota docet tandem fine carere bono* » (Les demandes frivoles ne se terminent pas bien).

Phaéton qui bascule dans le vide : je ne peux penser qu'à toi quand tu as basculé dans le grand sommeil de l'inconscience de la sédation à 23 h 40. Quelle fut ta dernière pensée quand le réanimateur t'expliquait ce qu'il allait faire ? « Lumière pure et obscurité pure sont deux vides qui sont la même chose », affirme Hegel dans *Science de la logique.* Je lis cela dans le catalogue de l'exposition. Et nous avons eu l'impression de mettre notre soleil au tombeau. Tu es le soleil vaincu. Tu n'as pas péché en voulant prendre le char de ton père, en versant dans le fossé. Nulle forme d'hubris. On peut mourir aussi d'un excès de modestie.

Je ne peux plus voir le soleil, surtout quand il rayonne soudain, sans penser à toi. Je suis comme dans ce tableau de Maurice Denis représentant saint François d'Assise recevant les stigmates. Souvent, devant un paysage grandiose, face au soleil, je m'agenouille désormais en ouvrant les bras. Que pouvons-nous faire d'autre ? Nous tourner vers cette source de vie. Dieu ou le soleil, voilà les deux secours possibles. Seuls ceux qui croient à la résurrection et à l'au-delà ne sont pas défaits par le chagrin. Notre société évacue la mort en lui opposant la consommation et le divertissement.

Un autre tableau représente la chute de Phaéton. Il est signé d'Henri Antoine de Favane, un peintre du XVIIIe, mort en France mais de nationalité anglaise. Un dernier tableau m'émeut particulièrement : *Crucifixion,* de Franz von Stuck. Le cartouche à côté du tableau explique : « Il s'agit pour lui de représenter l'instant le plus dramatique de la mort lorsque le soleil s'est obscurci et qu'un coup de tonnerre a retenti dans toute la nature. »

En d'autres termes, « le peintre associe le climax de la Passion au phénomène de l'éclipse qui augmente le pathétique de la scène, plongée dans une pénombre quasi surnaturelle. » Les visages de la Vierge et de Marie-Madeleine sont éclairés, mais renversés par la douleur. Je comprends tant cette lumière sur le Christ mort.

J'ai passé des heures à côté de mon frère mort et je le voyais rayonner même s'il ne souriait plus. « Comme la mort (si l'on considère bien les choses) est le but ultime de notre vie, je me suis familiarisé depuis quelques années avec ce véritable et meilleur ami de l'homme, de sorte que son image non seulement n'a pour moi plus rien d'effrayant, mais est plutôt quelque chose de rassurant et de consolateur » (Mozart, *Lettre à son père*, 1787).

Est-ce qu'une mort, même à un âge avancé, peut être dans l'ordre des choses pour ceux qui restent debout ? Toute mort de ceux que nous aimons crée le chaos. Coralie, la fille de mon frère, regarde les morts partis à un âge respectable en disant qu'ils ont eu de la chance.

La peinture religieuse qui me semblait souvent bien pompière ne cesse désormais de me retenir. Nous construisons toujours un mysticisme autour de nos morts. Le chagrin, le terrible chagrin que je vois dans le tableau de von Stuck, je le lis aussi dans *Les Métamorphoses* d'Ovide. Clymène, la mère de Phaéton, « se prosterna sur ce sol et inonda de ses larmes le nom qu'elle lut sur le marbre, puis, découvrant sa poitrine, elle l'y réchauffa ». Les sœurs de Phaéton, les Héliades, « offrent à la mort, vains présents, leurs larmes ; la poitrine déchirée par leurs propres mains, nuit et jour elles appellent Phaéton, qui n'entendra pas leurs pitoyables plaintes, elles se couchent sur son tombeau ».

Quand j'ai vu après plusieurs semaines le nom gravé de mon frère sur la dalle funéraire, j'ai compris que désormais tout était scellé. Qu'aurais-je espéré ? La résurrection de Lazare ? Cette cimentation de la mort, ce marbre au-dessus des gisants me fait horreur. La vie humaine se termine comme une vulgaire opération de travaux publics. Est-ce pour faire mentir le poème d'Apollinaire, *La Maison des morts* ?

Et les morts m'accostèrent
avec des mines de l'autre monde.

Ne veut-on pas qu'ils nous tendent la main et qu'ils dansent avec nous ?

Ce poème qui eut pour titre originel *L'Obituaire* est paru pour la première fois dans le journal *Le Soleil*. Comme quoi, le soleil et la mort peuvent se regarder fixement, ce qui fait mentir la maxime célèbre de La Rochefoucauld. Mais la maison des morts n'est pas le cimetière :

S'étendant sur le côté du cimetière
la maison des morts l'encadrait comme un cloître
À l'intérieur de ses vitrines
pareilles à celles des boutiques de mode
Au lieu de sourire debout
Les mannequins grimaçaient pour l'éternité.

Vivants et morts, comme par effraction, vont finir par danser, main dans la main. C'est une sarabande, une fantaisie d'abord publiée sous forme de prose puis de vers libres. Hommes, femmes et enfants à qui l'on offre des sifflets en bois de viorne et de sureau (ces arbustes sont le parfum et la résistance de la vie) se mélangent. On meurt littéralement de rire entre les morts et les vivants. C'est une troupe, un défilé, une parade. Il y a de l'extravagance, de la joie, comme dans une atmosphère de brasserie. À la fin le narrateur reste seul avec les morts :

Car y a-t-il rien qui vous élève
comme d'avoir aimé un mort ou une morte

On devient si pur qu'on en arrive dans les glaciers de la mémoire
À se confondre avec le souvenir
on est fortifié pour la vie
Et l'on n'a plus besoin de personne.

Ce poème n'est pas considéré comme majeur dans l'œuvre d'Apollinaire. Mais comme chez Dante, la mort est aussi une comédie. Jacqueline Risset, sa traductrice, parle même d'un pays. Les morts restent vivants dans les romans, les poèmes, les pièces de théâtre. Or je vis avec les morts, depuis que j'ai trouvé la lecture comme remède à l'ennui, à la tristesse des jours et à la mélancolie.

Vivre en permanence avec l'idée de la mort – ce n'est pas voir la mort en face. On joue avec elle. Comme un escrimeur, un illusionniste. Ceux qui voient la mort ce sont les médecins, les infirmières, les aides-soignants. Ce sont eux les compagnons du grand passage. Les croque-morts eux sont souvent un peu lourds et cultivent un humour de metteur en boîte. Le voyage continue-t-il après la mort ? Sommes-nous en perpétuelle métamorphose ?

Ce livre que j'écris oscille entre le soleil que fut mon frère, l'ombre qui a recouvert le grand corps de l'hôpital public et le mystère de la mort. Je suis comme le berger d'*Et in Arcadia ego* de Poussin. Devant le tombeau. Devant l'énigme. La littérature est un voile pour filtrer la mort, l'apprivoiser. Nos larmes deviennent des morsures au fond de nous. Mon frère ne pouvait être une tombe, lui si chaud, en mouvement, dans l'enthousiasme. Pas une photo de lui où il ne sourie. J'ai l'impression maintenant d'être le gardien d'un phare. Dans ce monde où l'essentiel s'efface, où tout se perd, je me souviens de mon frère car il est ma légende. Je sais que le bruit du monde veut recouvrir les morts, nos pauvres morts. Que la fanfare des vivants doit continuer à forer la terre jusqu'à son noyau, au plus intime. Moi, je veux conserver l'éclat de mon frère. J'entends l'allegro fugué de l'ouverture de *La Flûte enchantée*.

FIN

Composition : Entrelignes (64).
Achevé d'imprimer
sur Roto-Page
par l'Imprimerie Floch
à Mayenne, en septembre 2023.
Dépôt légal : septembre 2023.
Numéro d'imprimeur : 103216.

ISBN 978-2-7152-6282-9 / Imprimé en France.

616440